Tango Massaï

Maxence Fermine

Tango Massaï

ROMAN

Albin Michel

Pour Barbara et Ophélie

Je mourrai où me jettera le destin.

Arthur RIMBAUD

Première partie

I

L'armée rebelle arriva à Tabora un soir après la pluie. Elle investit la ville africaine par la porte Nord, en longeant la ligne de chemin de fer qui reliait le centre du pays à la ville de Mwanza, située sur les rives du lac Victoria.

C'était en avril, à l'époque des fortes précipitations que l'on devait à la mousson en provenance de la mer, à plus de huit cents kilomètres à l'est, et dont les effets se percevaient parfois jusqu'à l'intérieur des terres désertiques, soudainement noyées sous des déluges aussi violents que passagers. Le sol, craquelé par des mois de sécheresse – il n'avait pas plu depuis presque un an – n'avait pas eu le temps d'absorber l'eau du ciel et s'était changé en un océan de boue couleur d'argile, un océan formant des marigots où les oiseaux venaient s'ébattre joyeusement.

Trois jours plus tôt, la colonne de guerriers avait quitté les plaines du Serengeti et les étendues herbeuses du nord du pays pour rejoindre la route de Tabora. Elle avait marché vers le sud sans se soucier de la rigueur des éléments, traversant les champs gorgés d'eau, les chemins forestiers devenus d'infâmes bourbiers et les ruisseaux changés en torrents. Elle avait avancé dans un paysage d'une beauté sauvage, désert, aussi tranquille qu'une mer étale, rougie par le soleil, lavée par la pluie et séchée par les vents.

Dans la région des grands lacs, il y avait eu un envol de flamants roses, comme pour saluer son départ. Puis des troupeaux de toutes sortes avaient croisé sa route, des gnous, des antilopes, des impalas, des koudous, des girafes, des lions et des guépards. Enfin, après la plaine sauvage, était venue la présence des hommes.

À l'approche de chaque village, les habitants s'enfuyaient ou allaient se terrer à l'intérieur de leurs cases comme des animaux devant l'imminence d'un danger, laissant à la merci des mercenaires leur maigre patrimoine. Pourtant, l'armée n'avait commis aucun pillage. À peine s'était-elle permis de puiser de l'eau à quelques puits, ou d'exiger un sac de blé ou de mil lorsque cela s'était révélé nécessaire. Mais nulle violence, nul combat n'avait été engagé. L'armée rebelle se voulait, pour l'heure, discrète et pacifique.

Lorsqu'elle s'arrêtait pour la nuit, c'était toujours en pleine brousse, loin de toute habitation. Et, dès l'aube, elle reprenait sa route, ne laissant derrière elle que quelques traces furtives – cendres encore chaudes, empreintes de pas sur l'herbe rase –, signes éphémères et bientôt disparus à jamais.

Si ces hommes agissaient ainsi, c'est que, depuis le début, ils ne poursuivaient qu'un but : Tabora.

Tabora – qu'on appelait autrefois Kazeh, ville créée par des commerçants arabes au début du XIXe siècle – était située au cœur du Tanganyika. Porte des grands lacs de l'Afrique de l'Est, lieu par excellence de la chasse à l'ivoire, elle avait connu les heures sombres de la traite des esclaves et vivait depuis toujours du commerce du fer, du sel, de l'or et des épices.

C'était une ville qui avait dû être superbe, mais qui se délitait sous les assauts conjugués du temps, des éléments climatiques et de l'incurie de ses habitants, tel un vaisseau chargé de pièces d'or sombrant dans la mer de l'oubli.

Du plus loin qu'on pouvait l'apercevoir, elle ressemblait à un mirage, avec ses tours ocre, ses remparts crénelés et ses deux portes – l'une incrustée de jade et l'autre d'ivoire – qui aimantaient le regard du voyageur. Une cité irréelle tranchant dans le décor naturel comme un cristal posé sur un socle de terre rouge, offrant au regard une image si changeante qu'elle paraissait jouer avec le miroir de l'invisibilité ; parfois si lumineuse qu'elle le disputait au soleil, parfois si sombre qu'elle se confondait avec la nuit.

Tabora était ainsi, sublime et inquiétante, à l'égal d'une déesse africaine dotée de pouvoirs surnaturels. Quiconque avait vu Tabora en gardait le souvenir ému d'une vision de paradis, mais demeurait à jamais silencieux sur la nature de ses richesses. Cela semblait un accord tacite :

celui qui avait vu Tabora ne divulguait rien sur elle.

Elle possédait mille surnoms – Tabora la Magnifique, la Perle du royaume de la lune, la Déesse aux cent portes... – tous plus imagés les uns que les autres, et certains la trouvaient si belle qu'ils la comparaient à une femme idéale.

Au cœur de régions très différentes les unes des autres, de peuples et de cultures aux coutumes diverses, de sols aux richesses tantôt rares et tantôt infinies, elle était située sur un vaste plateau, entouré de terres cultivées, offrant le seul passage possible reliant l'intérieur du pays à la côte. C'est vers elle que convergeaient chaque jour les caravanes en provenance de l'Afrique noire, caravanes désireuses de faire une halte avant de rejoindre Dar es-Salaam et de vendre leurs marchandises au prix fort.

C'est cette ville qu'avait choisi d'investir l'armée rebelle. Parce qu'elle était riche, belle et qu'elle constituait une proie idéale : elle était très mal défendue en regard des trésors qu'elle abritait.

De tout temps, même avant l'arrivée des Britanniques, les Arabes de Tabora n'avaient pas voulu de la présence d'une garnison sur place. En commerçants avisés ils ne dépensaient pas leur argent si facilement. Soucieux de préserver leur liberté, ils craignaient les soldats-mercenaires, cupides et versatiles, se méfiaient des Britanniques, impérieux et autoritaires, et avaient choisi de constituer eux-mêmes leur armée. Cela leur laissait tout loisir de s'exonérer des charges que la venue et l'entretien de troupes extérieures n'auraient pas manqué de susciter. Voilà sans doute la raison pour laquelle le sultan de Tabora n'avait doté sa ville que d'une poignée de soldats mal armés et peu entraînés au combat.

Tabora avait ainsi vécu, heureuse et prospère, un siècle durant, n'ayant eu à déplorer que de simples escarmouches avec les peuplades du pays, et quelques blessés légers. Une fois, pourtant, elle avait dû affronter les hommes noirs du Pays de la lune – les Nyamwezi –, une ethnie de pasteurs connue pour sa férocité et qui vivait désormais à l'ouest, sur des terres arides, dans un territoire encerclé par les lacs Tanganyika, Victoria et Rukwa. Les Nyamwezi, chasseurs d'ivoire, à qui les terres sur lesquelles les Arabes fondèrent Kazeh avaient autrefois appartenu, en revendiquèrent la propriété et vinrent demander que justice leur soit rendue. Aussi avaient-ils entrepris le siège de la ville. Mais, en bon diplomate qu'il était, le sultan avait évité le conflit en ordonnant à ses soldats de tirer en l'air. Au premier coup de fusil, les Nyamwezi s'étaient prosternés sur le sol en se bouchant les oreilles, car ils ne connaissaient pas l'usage des armes à feu et craignaient l'orage et la foudre. Puis, sans demander leur reste, ils s'en étaient retournés vivre dans leurs contrées qu'ils n'avaient plus quittées pendant de longues années.

Ainsi, depuis plus d'un siècle, Tabora n'avait rien eu à craindre de ses ennemis.

Or, par malheur pour elle, en ce soir d'avril, une armée rebelle, armée de lances et de fusils, se présenta à ses portes, après la pluie.

À sa tête, un homme de race blanche juché sur un cheval bai à l'allure fière, les traits creusés par la fatigue et les privations, se tenait droit et fier. Il portait un uniforme de couleur noire couvert de poussière et usé jusqu'à la trame, un sabre à pommeau d'argent battait son flanc, de longs cheveux couleur de jais balayaient son visage et un couvre-chef le protégeait de la pluie. Ses yeux étaient clairs et perçants, l'arête de son nez plus acérée que la lame d'une épée, et sa peau cuivrée par le soleil.

Il n'était pas seul. À ses côtés se tenait un guerrier massaï à la peau d'ébène et aux muscles saillants, portant un bracelet de perles blanches au poignet droit. Cet homme le suivait comme son ombre et lui servait d'ange gardien. Derrière lui venait une colonne d'une centaine de soldats armés de lances et, pour les plus chanceux, de fusils. Tous vêtus de rouge, le visage peint pour la guerre, ces hommes étaient parés des ornements qui, s'ils suscitaient l'admiration, étaient destinés à effrayer l'ennemi : coiffes en crinière de lion ou plumes d'autruche, colliers de perles, capes en plumes de vautour, chasse-mouches en queue de gnou, extenseurs d'oreilles. Dans leur sillage, un troupeau composé de bêtes de trait, de vaches, de génisses, de moutons et de brebis leur procurait une manne quotidienne.

Enfin, légèrement en retrait, quatre indigènes portaient un palanquin en bois de cèdre où reposait une femme étendue sur un lit de fortune.

Le cavalier arrêta sa monture devant la porte d'ivoire et se retourna vers ses hommes. Il sortit son sabre du fourreau, le tendit vers le ciel et s'écria :

– Tabora !

Aussitôt, une longue clameur s'éleva de la colonne des guerriers et fit trembler les murs de la cité. Chacun brandit son arme, s'époumona et se mit à taper du pied sur le sol. Un nuage de poussière rouge recouvrit bientôt l'horizon. Tous comprirent que leur chef lançait un défi au commandant de la place. S'ils devaient livrer bataille, ce serait sur-le-champ.

La clameur se tut, et un silence inquiétant s'installa. Sur les remparts de la ville, pas la moindre présence humaine. Seul un chien, au loin, se mit à aboyer. Puis ce fut de nouveau le calme. À croire que Tabora avait été désertée par ses habitants.

D'un signe de la main, le chef de l'armée rebelle ordonna à la colonne de le suivre. Et il entra dans la ville.

La rue principale, désespérément vide, bordée de boutiques aux auvents baissés, d'étals sans marchandises, de carrioles laissées à l'abandon, prouvait que leur venue avait été annoncée. Les maisons aux murs fissurés, craquelés comme une peau d'orange, semblaient vides de tout occupant. Pourtant flottait encore dans l'air l'odeur délétère des immondices dont chaque angle de rue était recouvert, à peine atténuée par le parfum des épices que le vent avait dispersé et mêlé à la poussière. Le marché avait bel et bien eu lieu en cet endroit.

– Où sont-ils donc passés ? demanda un guerrier.

La réponse lui fut apportée un peu plus tard, lorsque la colonne déboucha sur la place principale de la ville. La foule, nombreuse, était massée sur les gradins de pierre, comme pour assister à un spectacle. Les gens de Tabora qui, par crainte ou sagesse, avaient choisi de se retrancher à l'intérieur des murs, cédaient cependant à la curiosité. Loin de se terrer dans leurs demeures, ils avaient convergé comme un seul homme vers l'unique lieu de Tabora où l'armée rebelle pouvait se rendre : la place de la Fontaine aux éléphants.

La scène, éclairée par les flambeaux accrochés aux murs de glaise, était à la fois grandiose et inquiétante : au centre de la place, une fontaine gigantesque abritait deux éléphants sculptés dans le marbre, dont les trompes déversaient en permanence des filets d'eau rougeâtres dans un bassin de pierre. Autour de la fontaine, une grande étendue de sable ceinturait la place, pareille à l'arène d'un cirque. Un peu en retrait, dans les gradins, plusieurs centaines d'hommes, de femmes et d'enfants, vêtus de djellabas aux couleurs vives, de burnous ou de caftans, et coiffés de leurs chéchias, immobiles comme des statues, attendaient en silence. Face à eux, se dressait le palais du sultan de Tabora.

Le palais, construit par les commerçants arabes qui avaient fondé la ville un siècle plus tôt, était de couleur sable et rappelait ces édifices élancés que l'on trouve en Afrique du Nord.

Un minaret s'élevait à chaque extrémité, et, en son centre, un bâtiment rectangulaire abritait une dizaine de pièces protégées par d'élégants moucharabiehs en bois de palissandre. Ces fenêtres à claire-voie présentaient deux avantages : le premier était d'offrir au regard du passant l'un des fleurons de l'architecture arabe. Le second, pour celui qui se trouvait à l'intérieur, de voir sans être vu.

Enfin, sous les fenêtres, un grand escalier de pierre, orné d'une balustrade en bois sculpté représentant des scènes de chasse au lion, permettait d'accéder à un lourd et vaste portail en fer forgé qui en délivrait l'entrée.

Ce palais, majestueux pour une ville située en pleine brousse, Sayid al Saada ne l'avait plus quitté depuis plusieurs jours, entouré de ses serviteurs et de sa garde rapprochée, laissant la ville aux mains de la population.

Bien qu'il n'eût pas cru possible qu'une poignée de mercenaires fût assez téméraire pour marcher sur Tabora, le sultan avait cédé aux injonctions de ses proches, organisant sa défense, allant même jusqu'à envoyer un émissaire pour tenter de traiter avec l'ennemi. Mais l'émissaire n'était jamais revenu, la plupart de ses hommes avaient fui et l'armée rebelle se trouvait maintenant au sein de la ville.

Sayid al Saada, malgré la peur qui sourdait en lui, ne s'était pas défilé. Même s'il savait que la poignée de soldats qu'il avait réussi à conserver ne pourrait rien contre les envahisseurs, il avait décidé de faire face lorsque l'ennemi paraîtrait. C'est ainsi que, de la fenêtre de son palais, il avait vu la place de la Fontaine aux éléphants se remplir peu à peu, et, enfin, l'armée rebelle tout entière investir la ville.

L'homme qui était à cheval, silhouette inquiétante dont les contours étaient dessinés par la lueur des flambeaux brillant dans la nuit, l'intriguait fortement. Il tenta d'apercevoir les traits de son visage, mais la distance qui les séparait ne lui en laissa pas le loisir. Le seul indice qui lui permit de l'identifier fut ce qu'il aperçut de sa monture. Un cheval bai portant sur le flanc gauche une énorme cicatrice partant de l'échine et finissant au bas-ventre. Or, dans tout le Tanganyika, il n'y avait qu'un seul être capable de monter un tel cheval. Un être que le sultan avait rencontré autrefois.

– Ainsi c'était donc vrai. Cet homme n'était pas un fantôme.

Le sultan se pencha vers son conseiller et lui demanda, comme pour mieux se persuader qu'il ne rêvait pas tout éveillé :

– Tariq, est-ce bien lui ?

Le vieillard, vêtu d'une djellaba sombre, les cheveux grisonnants, le visage creusé par les années, scruta à son tour l'horizon et, après avoir égrené son passe-temps entre ses doigts d'une incroyable finesse, répondit :

– Je le crois. Même s'il me répugne de prononcer son nom.

Le sultan, incrédule, resta longtemps à se lisser la barbe, tout en réfléchissant aux décisions à prendre.

– Il a tenu parole. Et le voici à la tête d'un bataillon d'assassins sans foi ni loi. Le jour du Mouloud. Le jour sacré de la naissance du Prophète. Cet homme ne respecte donc rien.

– Que comptez-vous faire ? demanda Tariq.

Sayid al Saada, sans même le regarder, lui rétorqua sèchement :

– Pour l'instant, rien.

– Vous ne voulez pas demander l'aide de l'armée britannique ?

Le sultan fit volte-face et jeta un regard noir à son conseiller. Puis il prit le temps d'expirer l'air qui bloquait ses poumons, s'efforçant d'apaiser les battements de son cœur.

– Non, dit-il en retrouvant un peu de sa superbe. Je veux d'abord savoir ce qu'il veut. Ensuite, j'aviserai.

Sur la place de la Fontaine aux éléphants, comme s'il venait d'entendre les paroles que Sayid al Saada venait de prononcer, le chef de l'armée descendit de cheval et tendit ses rênes au guerrier qui le suivait. Il avança vers le bassin et, lorsqu'il fut en pleine lumière, seul au milieu de l'arène de sable rouge, il se tourna vers la foule massée sur les gradins de pierre. Il resta de longues secondes ainsi, à les fixer du regard, sans rien dire. Enfin il entrouvrit sa veste trempée de pluie et de boue, glissa la main dans sa poche intérieure et en retira un document ceint d'un ruban rouge. Il en défit le nœud avec dextérité, déroula le parchemin sur lequel brillaient des caractères couleur de sang, et se mit à lire à haute et intelligible voix, en détachant chaque syllabe comme s'il s'agissait des Tables de la Loi que chacun se devait de garder éternellement en mémoire :

– Au nom de la justice humaine... de la liberté des peuples... peuples de race noire asservis par des années d'esclavage et de spoliation... Au nom de tous ceux qui croient à l'équité... et en vertu des pouvoirs qui me sont conférés par les instances massaï... je viens prendre possession de Tabora !

Un long silence s'installa. L'homme continua, imperturbable :

– Après des années de lutte... des années d'errance... je viens en libérateur sur vos terres... pour vous rendre ce qui vous a toujours appartenu... et qu'on vous a volé... Le droit de cultiver et de vivre libres... Le droit de décider du sort de votre pays... Le droit de devenir enfin des hommes à part entière... Rejoignez-moi... Rejoignez mon armée et vous vivrez enfin libres et heureux... et non plus sous le joug des sultans et des Britanniques qui les mettent en place... Viens à moi, peuple de Tabora !

L'homme roula le document, remit le ruban en place et rangea le tout dans sa poche.

Face à lui, la foule demeurait silencieuse. Personne n'osait bouger.

Le mercenaire savait que, désormais, seul le peuple pouvait décider de la suite des événements. Retenant son souffle, il attendait sa réaction.

Celle-ci ne fut pas très longue à venir.

D'abord, des pas martelèrent le sol, puis, peu à peu, des cris résonnèrent sur les gradins de pierre.

– Cet homme a raison ! Nous en avons assez de servir Sayid al Saada !

– Nous voulons être libres !

Un vieillard à la santé chancelante sortit de la foule et s'approcha du chef des rebelles.

– Vois comme je suis faible. Le sultan est riche et je n'ai pas d'argent. Il vit dans l'opulence et mes enfants n'ont rien à manger. Je suis prêt à combattre avec toi.

Il désigna la foule du doigt et, après avoir posé une main sur l'épaule du mercenaire, comme pour l'adouber, il conclut :

– Eux aussi sont avec toi !

Retranché dans son palais, à l'abri des regards, Sayid al Saada avait écouté chaque mot prononcé par l'étranger, bu chaque parole comme un poison amer et violent. Désormais, il savait que son sort était scellé. La foule se dressait contre lui et il ne disposait pas d'hommes en nombre suffisant pour mater cette révolte. Il ne lui restait plus qu'à se soumettre en attendant un hypothétique renfort de l'armée britannique.

Dans un geste de rage et de désespoir, il arracha l'insigne qu'il portait à sa tunique – un bijou représentant un lion enserrant dans ses griffes une antilope – et le tendit à son conseiller.

– Voici l'emblème de mon pouvoir. Va le porter à cet étranger. C'est la seule façon pour nous tous d'avoir la vie sauve.

Tariq s'exécuta, surpris de la célérité avec laquelle son maître abdiquait. Puis il se souvint que, chaque fois qu'il le pouvait, le sultan fuyait l'affrontement. L'insigne en main il quitta la salle. Avant de disparaître, il entendit encore ces mots que Sayid al Saada exprimait sans la moindre colère :

– Ma vengeance viendra plus tard.

Quelques minutes après cette entrevue, le conseiller gagna la place de la Fontaine aux éléphants et se fraya un chemin jusqu'au bassin de pierre. Les rebelles, comprenant qu'il s'agissait d'un dignitaire, s'écartèrent sur son passage. Arrivé devant l'homme aux longs cheveux noirs qui était leur chef, il s'arrêta et le fixa longuement. Enfin, après l'avoir salué, il délivra son message :

– Voici l'emblème de Tabora. Il t'appartient désormais.

Il tendit la main et toute l'assistance vit briller dans le creux de sa paume le précieux bijou. Le chef des rebelles s'avança et saisit l'objet. Puis, avec un geste de rage, il le jeta sur le sol et le piétina. La pierre précieuse, maculée de boue, se brisa. L'homme se tourna alors vers la foule et, brandissant son poing vers le ciel, hurla à pleins poumons :

– Tabora est libre !

Sa voix résonna longtemps dans l'arène, comme un roulement de tambour. La pluie, qui avait cessé depuis plusieurs heures, se mit de nouveau à marteler le sol avec violence. Une immense clameur s'exhala alors de la foule et monta dans le ciel, comme une mélopée.

– Vive l'armée rebelle !

– Vive l'homme qui fait tomber la pluie !

Alors le chant du muezzin jaillit du minaret, annonçant l'heure de la prière, et aussitôt tous les hommes présents se tournèrent vers le nord, en direction de La Mecque, s'agenouillèrent et se prosternèrent en louant Allah.

Seul debout au milieu des musulmans, le chef de l'armée rebelle eut l'impression fugitive de posséder l'aura d'un dieu.

Ainsi fit son entrée à Tabora l'homme que l'on appelait Tango Massaï.

II

Par ce coup de force habilement mené, l'armée rebelle venait de prendre possession de la ville sans la moindre effusion de sang.

Après la stupeur des premiers instants, après le recueillement et la prière, s'installa la frénésie. Partout, sur la place, dans les rues, les habitants de Tabora se mirent à danser et à chanter au son des tambours, en louant le nom de leur libérateur :

– Tango Massaï ! Tango Massaï ! Tango Massaï ! Allahou Akbar !

La venue du mercenaire, s'ajoutant à l'allégresse du jour anniversaire de la naissance du Prophète, libéra la foule qui entra dans une folle sarabande, ivre de joie et de musique. Certains, déjà en transe, tournoyaient sur eux-mêmes, pris de vertige, l'écume aux lèvres. Le chef des rebelles comprit alors qu'il avait gagné, la population étant du côté de Dieu – qu'on le nommât Allah pour les musulmans ou Enk-aï pour les Massaï – et qu'en ce jour précis Dieu était avec lui.

Tariq, effrayé par la tournure des événements et craignant pour sa vie, choisit de s'éclipser discrètement en plongeant dans la foule. Nul ne le revit plus cette nuit-là.

Tango Massaï leva alors les yeux vers le palais et, déterminé, marcha à la rencontre du sultan. Aussitôt, la foule se précipita à ses côtés et forma une haie d'honneur jusqu'au grand escalier de pierre. Les flambeaux éclairant la place, les rythmes des tambours résonnant contre les murs, les cris scandés par ces visages à la peau sombre conféraient à la scène une atmosphère d'étrangeté, comme si, tout à coup, la folie s'était emparée du cœur des hommes, des femmes et des enfants, les entraînant dans une bacchanale infernale. Maintenant qu'ils étaient en liesse, que la passion dévastatrice avait pris possession d'eux, la raison ne comptait plus. Tango Massaï était leur nouveau maître et certains, déjà, réclamaient la tête du sultan.

– À mort Sayid al Saada !

– À mort l'affameur ! À mort le tyran !

– Qu'on lui arrache les yeux et les entrailles et qu'on plante sa tête sur une pique !

– Vive Tango Massaï, le nouveau sultan de Tabora !

Les cris des femmes se mêlaient aux vociférations des hommes. Mais le rebelle n'écoutait plus. Il avançait, indifférent à ce qui se passait autour de lui.

Au pied du grand escalier, il se retourna une dernière fois vers ses guerriers, leur adressa un ultime regard, puis gravit les degrés un à un. Parvenu sur le perron, il ouvrit le large portail et pénétra dans le palais qui lui parut livré à lui-même – les gardes de faction, craignant pour leur vie, avaient dû déserter leur poste dès les premières clameurs et se terraient en quelque recoin du bâtiment.

Ne rencontrant aucune résistance, le mercenaire traversa un long couloir orné de peaux de bêtes et se dirigea vers la seule pièce encore illuminée par des flambeaux : la salle du conseil. Là, il poussa la porte et entra.

Le sultan, debout devant la fenêtre, le regard perdu sur l'horizon, avait compris que sa fin était proche. Lorsque Tango Massaï fit irruption dans la salle, il ne tenta pas de s'enfuir. Il savait la partie perdue et voulait rester digne. Sans se retourner, tout en fixant par les interstices du moucharabieh la foule qui chantait et dansait au-dehors, il déclara :

– Ainsi tu es revenu à Tabora.

Le rebelle avança lentement jusqu'au bureau du sultan, se campa sur ses deux jambes, et répondit d'une voix grave :

– Je vous avais dit que je reviendrais un jour. Et ce jour-là est arrivé.

– Le jour du Mouloud. Le jour de la naissance du Prophète. Par Allah, tu ne respectes donc rien ?

– Je savais qu'un jour de fête, personne ne se méfierait. Et que si Enk-aï le désirait, je parviendrais à mes fins.

Sayid al Saada, sans détourner son regard de la fenêtre, murmura :

– Oui, bien sûr. Enk-aï. J'avais presque oublié que tu étais un Massaï. Cela remonte à tant d'années...

– Quatre ans...

– Quatre années déjà ?

– Le temps passe. Et les promesses du passé doivent être tenues.

– De quelles promesses parles-tu ?

– De celle que je vous ai faite avant de quitter Tabora.

Tango Massaï contourna le bureau, s'approcha du fauteuil du sultan et en caressa le velours, comme s'il voulait en éprouver la réalité.

– Vous pensiez ne jamais me revoir, n'est-ce pas ?

Sayid al Saada, cette fois, détourna son visage de la fenêtre et ses yeux noirs se portèrent sur l'homme surgi de nulle part. Tango Massaï n'avait pas changé. Il était toujours le même. Le regard clair et déterminé, les longs cheveux noirs, le visage acéré, la peau hâlée par les chemins de l'errance. Il portait le même uniforme qu'autrefois et possédait toujours la même ardeur. Non, rien, absolument rien n'avait changé en lui. Et il lui sembla le revoir, quelques années plus tôt, le jour où il avait débarqué à Tabora pour la première fois.

– Vous pensiez que j'étais mort ? continua le rebelle, un demi-sourire aux lèvres.

Le sultan, comme pour se persuader qu'il n'était pas en présence d'un esprit mais d'un être de chair et de sang, s'approcha de lui et, de la main, effleura son visage.

– Je l'ai cru au début, comme tous ici l'ont cru. J'ai même reçu des témoins qui m'ont juré devant Allah qu'ils avaient vu ta dépouille ensanglantée. Ou bien que tu avais été tué lors d'un combat.

– Mais je suis vivant...

– Par la suite, j'ai compris que ces messagers désiraient simplement me soutirer un peu d'argent contre de fausses informations. Une bonne nouvelle délivrée au sultan de Tabora se monnaye très cher. Mais en vérité je savais que tu étais en vie, quelque part dans les plaines du nord, et qu'un jour tu reviendrais. Durant tout ce temps, j'ai appris à vivre avec ce danger.

Tango Massaï continua d'effleurer du bout des doigts les objets à sa portée. Après le velours du fauteuil, il s'approcha du mur et caressa l'arête acérée d'une lance ayant appartenu à un chef kikouyou, une tribu du Kenya voisin.

– Vous avez entendu la foule, dit-il doucement. Elle ne veut plus de vous pour gouverner la ville.

Le sultan eut un rire moqueur.

– La foule est inconstante. Aujourd'hui, elle t'acclame. Demain, elle te destituera.

Il se tourna vers le mercenaire et lui lança un regard noir.

– Tu prends beaucoup de risques, Tango, en agissant de la sorte.

– Vivre est un risque. Et je ne fais que vivre.

– Qu'es-tu venu faire à Tabora ?

– Obtenir ce que je réclame depuis longtemps. La liberté et la démocratie pour le peuple.

– N'es-tu pas venu plutôt pour prendre ma place ? Je me souviens de tes rêves de grandeur. Tu étais jeune, à l'époque. Mais déjà très ambitieux.

– Je ne suis pas ici pour moi. Même s'il est vrai que je suis prêt à endosser le rôle de sultan, le temps que les habitants de Tabora construisent leur propre liberté. Ce qui est certain, en revanche, c'est que pour vous, tout s'arrête aujourd'hui.

Le sultan frissonna. Son royaume était en danger, et sa vie l'était également. Mais il était trop tard pour réagir.

– Tu es donc venu voler ce dont tu rêvais : un titre, la gloire et la puissance. Et, pour cela, il te faut ma mort.

Il resta prostré quelques secondes, puis, jugeant inutile de montrer à l'ennemi toute l'étendue de sa faiblesse, il se reprit. Dans un ultime effort, il releva la tête et, les yeux rougis, adressa au rebelle un regard plein de haine.

– Par ta faute, j'ai perdu mon titre, ma ville, et mon honneur. Mais si je dois perdre la vie...

Tango Massaï l'arrêta d'un geste :

– Si telle est votre crainte, rassurez-vous. Je n'ai pas l'intention de vous tuer. Dès que nous en aurons terminé, vous pourrez quitter la ville et partir où bon vous semble. Un cheval vous attend derrière le palais.

Le sultan parut soulagé. Cependant ce répit fut de courte durée.

– Mais, avant cela, reprit le mercenaire, je vous demande de signer ce document rédigé par mes soins. Ainsi nous serons quittes.

Il lui présenta le rouleau de parchemin qu'il avait lu à la foule quelques instants plus tôt. En bas et à droite, en lettres de sang, cette formule lapidaire :

Je, soussigné Sayid al Saada, sultan de Tabora, décide d'abandonner mes fonctions à compter de ce jour et, sur la demande expresse du peuple, afin d'éviter un bain de sang inutile et de préserver la paix au sein de ma ville, nomme à ma place le chef de l'armée rebelle Tango Massaï.

Fait à Tabora, le 28 avril 19..

Comme Sayid al Saada semblait hésiter, le rebelle se fit plus insistant :

– Dehors, la foule commence à s'impatienter. J'ai peur que mes hommes ne puissent la contenir bien longtemps. Je réponds de votre sécurité si vous coopérez. Dans le cas contraire, vous comprendrez que je ne pourrai rien faire pour les empêcher d'assouvir leur soif de vengeance...

Sayid al Saada, sans un mot, se redressa dans son fauteuil.

– Puisque tu ne me laisses pas le choix...

Il prit une plume, la trempa dans l'encre noire et apposa sa signature au bas du document. Puis il se leva, rassembla quelques affaires, et s'apprêta à quitter le palais. Avant de partir, il se tourna vers Tango Massaï :

– Tu as gagné aujourd'hui, mais j'ai bien peur que ta victoire ne soit éphémère.

Un temps. Puis d'une voix rauque :

– Encore un mot, Tango Massaï. Désormais, tu es entre les mains d'Allah et des Britanniques. Et je peux te jurer que lorsque Dieu et les Anglais sauront ce que tu as fait, leurs forces se ligueront contre toi et ta vie deviendra un enfer.

– Ne vous inquiétez pas pour moi, répondit le mercenaire. Mon destin est de mourir parmi les ténèbres africaines. Et je ne crains ni Dieu ni les Anglais.

Surpris par ce sacrilège, Sayid al Saada eut un mouvement de recul :

– Puisque tu le prends ainsi, je ne peux plus rien pour toi. Tu es perdu à jamais.

D'un geste ample, il rajusta l'étole brodée de fils d'or qu'il portait autour du cou et, après un dernier regard à l'homme qui venait de le destituer, quitta le palais par une porte dérobée.

Tango Massaï attendit quelques instants, puis fit ce qu'il avait toujours rêvé de faire : il s'assit dans le fauteuil du sultan et, tout en écoutant la foule au-dehors scander son nom, resta ainsi de longues minutes à savourer sa victoire.

La clameur de la foule grandissait à mesure que la nuit avançait. Les cris et les chants s'élevaient jusqu'aux étoiles que le ciel, désormais lavé par la pluie, laissait apparaître une à une.

Les soldats tentaient de contenir la foule déchaînée aux abords du palais. Il fallait calmer les ardeurs et empêcher les pillages.

Sangani, le guerrier massaï, se tenait debout près du palanquin, une lance à la main. Il attendait tranquillement.

C'est alors que, du palanquin, s'éleva une voix féminine :

– Sangani, crois-tu que je puisse enfin sortir ?

– Pas encore, répondit le guerrier en se tournant vers l'ombre qui se profilait derrière la toile et que la lueur vacillante d'une bougie faisait trembler comme une feuille ballottée par le vent.

– J'en ai assez d'être là. Un palanquin, c'est tout à fait inconfortable pour un tel voyage. La pluie a traversé la toile et je suis trempée jusqu'aux os...

– Patience, Meeyu. Tango ne devrait plus tarder à arriver et alors tu pourras...

Sangani s'interrompit soudain car une immense clameur venait de résonner sur la place de la Fontaine aux éléphants.

En haut du grand escalier de pierre, Tango Massaï venait d'apparaître, son sabre à la main. Il leva le bras et tous comprirent qu'il avait réussi.

– Victoire ! Nous voilà débarrassés à jamais de Sayid al Saada !

– Gloire au nouveau sultan !

Près du palanquin, Sangani se pencha vers l'ombre cachée derrière la toile et murmura :

– Tu vas pouvoir sortir très bientôt, Meeyu. Il n'y a plus rien à craindre. La ville nous appartient et je crois...

Il n'eut pas le temps de finir sa phrase. Tango Massaï approchait du palanquin et, d'un geste brusque, en soulevait le rideau. Un visage apparut soudain, à demi éclairé par la lueur des flambeaux. Le visage de Meeyu.

C'était une jeune Massaï à la peau sombre, belle, racée, et d'une incroyable finesse. Elle avait les yeux noirs, le regard franc et les pommettes saillantes. Ses cheveux tressés étaient teintés d'ocre et de diatomite, la craie dont se parent les femmes massaï pour les cérémonies. À son cou, un collier de perles blanches au milieu desquelles brillait une pierre précieuse, taillée en triangle, dont les trois faces scintillaient de couleurs différentes. L'une était bleue, l'autre pourpre, et la troisième d'un noir profond. Une tanzanite d'une valeur inestimable.

– Voici donc Tabora ! fit-elle en jetant un regard réprobateur autour d'elle. Ce n'est pas grand-chose.

Puis, indifférente à tous ces hommes qui la dévoraient des yeux, elle avança en direction de l'escalier de pierre, en gravit les degrés un à un de sa démarche majestueuse, et disparut à l'intérieur du palais.

Tango Massaï la suivit, puis ce fut au tour de Sangani et de l'armée des guerriers rouges. Enfin, lorsque la foule se démantela à la faveur de la nuit, les cris et les chants se turent. Chacun quitta la place de la Fontaine aux éléphants pour rentrer chez lui, conscient que Tabora venait de vivre des instants rares, des heures que personne n'oublierait jamais.

Tango Massaï décida de prendre un peu de repos et gagna les appartements privés de Sayid al Saada.

Étendue sur le lit, Meeyu l'attendait, à moitié endormie. Un bâton d'encens posé sur une petite table en acajou se consumait, baignant toute la pièce d'un agréable parfum de menthe poivrée, de benjoin et d'eucalyptus.

Tango Massaï, sans prononcer le moindre mot, ôta son uniforme et s'étendit à son côté. Son regard se porta sur le décor de la pièce : au pied du lit et sur les murs, des peaux de lion, de buffle et de gnou. Sur les meubles, de petits animaux en bois de rose – éléphants, tortues, gazelles, crocodiles, cobras, caméléons, singes, oryx et panthères. Une véritable ménagerie en miniature dont certaines pièces étaient criantes de vérité.

Il resta ainsi quelques minutes à se délasser, observant chacun des trésors du sultan, tentant de se persuader que tout lui appartenait. Puis, comme Meeyu, brisée de fatigue, dormait maintenant comme une enfant, il choisit de s'endormir à son tour, ferma les yeux et retourna à ses rêves de grandeur.

Lorsqu'il s'éveilla, il faisait encore sombre. Il se leva sans bruit, s'approcha de la fenêtre, observa le ciel étoilé et respira à pleins poumons l'air frais que la pluie avait apporté. Il éprouvait un tel besoin de liberté que, entre ces quatre murs, il se sentait oppressé. Cela faisait de nombreux mois qu'il n'avait plus couché ailleurs qu'à la belle étoile, et le fait de dormir dans un lit l'indisposait au plus haut point. Il savait qu'il ne s'endormirait plus et résolut d'attendre l'aube en contemplant la ville.

Au premier rayon de soleil sur sa joue, Meeyu s'éveilla. Ses paupières papillonnèrent quelques secondes, puis elle ouvrit les yeux et découvrit Tango, debout devant la fenêtre, sa silhouette comme posée contre l'immensité du ciel encore rougeoyant. Elle se leva à son tour, s'approcha de lui et glissa son bras autour de sa taille. La tanzanite dont elle ne se séparait jamais brillait à son cou comme un éclat de feu.

– Tu es enfin réveillée, sultane de Tabora ?

– Oui. Et ne m'appelle pas ainsi. Mon nom est Meeyu.

Surpris, il la dévisagea.

– Tu n'aimes donc pas cette ville ?

– Non. Elle me fait peur.

– Ces gens ?

– Je ne les connais pas.

– Ce palais ?

Elle tourna la tête vers lui et soutint son regard.

– Il me paraît froid. Froid et austère.

– Que désires-tu, alors ?

Elle le prit par le cou et l'attira contre elle.

– Toi. Simplement toi.

Elle l'embrassa et il se laissa faire. Pourtant, quelque chose semblait le laisser insatisfait.

– Meeyu. Je dois rester à Tabora le temps nécessaire pour accomplir cette mission. Mais ensuite, je te le promets, j'arrêterai cette vie d'errance et nous retournerons auprès de ton père.

Elle le regarda avec un peu de tristesse.

– Je voudrais bien te croire, mais je ne suis pas certaine que tout se passera comme tu l'espères.

– Pourquoi donc ?

– Investir Tabora demeure une folie. Les Anglais peuvent intervenir à tout moment et encercler la ville. Qui te dit qu'il ne s'agit pas d'un piège ? Dans ce cas, j'ai bien peur que les mercenaires que tu emploies ne t'abandonnent très vite. Alors, tu te retrouveras seul face à une armée qui ne désire rien d'autre que ta mort. Et lorsque tu succomberas sous leurs balles, qu'auras-tu gagné si ce n'est de devenir cet esprit que tout le monde croit que tu es depuis longtemps ?

– Je ne suis pas un esprit.

– À prendre de tels risques, tu vas finir par le devenir. Et ce jour-là, je te perdrai à jamais.

– Je suis vivant, Meeyu. Et tu sais que les Anglais n'ont jamais réussi à me faire rendre les armes.

– Peut-être, mais j'ai peur pour toi.

Il la prit dans ses bras et la serra contre lui, comme pour tenter de la rassurer.

– Je n'ai besoin d'aucune protection. Je peux me défendre seul.

– J'ai peur que tu ne sois définitivement perdu.

Il la regarda, étonné.

– Tu parles comme Sayid al Saada.

– C'est sans doute qu'il a raison. Tout cela est inutile et dangereux.

Un long silence les rapprocha.

– Détrompe-toi, Meeyu. Celui qui ne tente rien ne sera jamais rien. Et je mènerai ma mission jusqu'au bout, quoi qu'il advienne. Je t'en fais le serment. Car tout cela, au-delà de la liberté, je le fais par amour pour toi.

Émue, elle pencha la tête en arrière, avec un large sourire.

– Tu es fou, Tango. Complètement fou. Mais c'est aussi cela que j'aime chez toi.

Elle ne put continuer. Tango tendit son visage vers le sien et l'embrassa.

– Je ne suis pas fou, dit-il en la serrant très fort. Je pense même être la seule personne sensée dans ce pays. Ce que je veux, c'est offrir à tous la liberté et la justice. Mais pour imposer ma volonté, j'ai besoin d'être puissant. Et pour être puissant, j'ai besoin de Tabora.

Puis, lentement, il s'allongea sur son corps dénudé et entra en elle.

Au rez-de-chaussée du palais, les guerriers massaï, harassés par leur longue marche de la veille, goûtaient au repos.

Au-dehors, dans la ville, même les chiens n'osaient aboyer.

Tabora s'éveillait en silence, sous les premiers assauts du soleil.

III

Le lendemain de son investiture, le nouveau sultan de Tabora organisa un grand festin pour fêter sa victoire.

Le mauvais temps avait cessé et le soleil, déjà haut dans le ciel, avait asséché les dernières flaques de pluie.

Sur la place de la Fontaine aux éléphants, les guerriers de Tango Massaï installèrent un immense brasero, firent un feu digne de l'enfer et embrochèrent une vingtaine de moutons qu'ils firent rôtir tout au long de la matinée. Le parfum de la viande grésillant sur les braises se répandit dans toute la ville, comme un appel, et on vit bientôt arriver par groupes entiers les habitants de Tabora, les yeux encore ensommeillés, les narines frémissantes, incrédules devant ce spectacle auquel ils étaient peu accoutumés.

Sous la toile qui d'ordinaire servait à abriter les étals du marché, on avait dressé des tables sur lesquelles des plats de viandes fumantes et alléchantes s'amoncelaient, au milieu des sauces, des jarres de vin et de boisson au miel. Au centre de la place, les broches tournaient à plein régime. Sur le sol de terre battue, on avait étendu des tapis, des étoffes et des coussins pour se reposer ou manger tout à son aise.

– Venez tous ! appelait Sangani en les invitant d'un geste. Ce festin est pour vous. Tango Massaï vous l'offre en signe d'amitié afin de célébrer dignement la reconquête de la ville.

Des sourires apparurent peu à peu sur les visages. Un vieil homme prit la parole, bientôt imité par quelques autres.

– Ce n'est pas Sayid al Saada qui nous aurait conviés à de pareilles agapes.

– Non. Il avait plutôt l'habitude de lever des impôts et de nous affamer ! En trente années de règne, je ne l'ai jamais vu offrir ne serait-ce qu'une datte à un miséreux.

– Décidément, depuis hier, les choses ont bien changé à Tabora. Allah soit loué !

Chacun apporta ce qu'il possédait – un peu d'eau fraîche, du thé, du lait de chèvre, des galettes de blé ou de maïs, des fruits, des haricots rouges, des épices, du sel – et se joignit à la fête. Assis à l'ombre, les guerriers de l'armée rebelle et la population de Tabora, enfin mêlés, festoyèrent dans un brouhaha indescriptible.

Lorsque, un peu plus tard, Tango Massaï apparut en haut de l'escalier du palais, le silence se fit. Puis des voix s'élevèrent de la place :

– Vive Tango Massaï ! Vive le libérateur de Tabora !

C'était la deuxième fois qu'on l'acclamait en quelques heures. Mais cette fois il n'y eut pas de discours. Le rebelle n'en avait pas besoin. Tous étaient désormais dévoués à sa cause. Il descendit l'escalier, traversa la place et vint à eux. Sangani lui tendit une écuelle et un verre de boisson au miel. Le mercenaire leva son gobelet et lança :

– Je bois à la santé de Tabora.

Chacun l'imita en levant son verre, heureux de voir en leur nouveau maître un homme de chair et de sang – un sultan qui partageait d'égal à égal et n'imposait aucun protocole.

Tango Massaï s'assit alors à même le sol et mangea un peu de viande et quelques fruits en invitant chacun à faire de même. Il resta ainsi de longues minutes à savourer tranquillement son repas au milieu de ces gens, hommes et femmes, servantes et guerriers, commerçants et notables, sur lesquels il avait désormais pouvoir de vie et de mort. Il s'enivra de cette toute nouvelle puissance, comme on se délecte d'un alcool fort, se laissa griser par cette ivresse et songea avec amertume au moment où il lui faudrait quitter l'arène et retourner au palais.

Après les agapes, une jeune fille aux longs cheveux noirs se mit à entonner un chant en swahili, bientôt repris par d'autres femmes plus âgées. Quelques hommes les accompagnèrent en frappant dans leurs mains et un vieillard, accroupi, se mit à jouer du tambour. Tango Massaï comprit que ce chant avait été composé en son honneur et qu'il chantait ses louanges. Il l'écouta avec ravissement, puis, lorsque le silence revint, il se leva, s'approcha de la jeune fille et lui offrit quelques pièces d'or. Enfin il s'adressa à tous :

– Continuez sans moi. Mangez et buvez jusqu'à satiété. Prenez des forces. Amusez-vous. Je veux qu'aujourd'hui soit un jour de fête !

Aussitôt, la foule l'acclama et la musique reprit. Après avoir salué de la main, il demanda à Sangani de le suivre, quitta la place, et rejoignit le palais où l'attendait son premier conseil.

Dans la salle, une vingtaine de notables assis en cercle les attendaient. Il y avait là tous ceux qui n'avaient pas choisi la fuite, comme l'avaient fait Sayid al Saada et son premier conseiller Tariq. Connaissant leur impatience d'apprendre ce qu'il adviendrait, Tango Massaï les avait convoqués dès les premières heures de la matinée, envoyant un messager visiter chaque maison de la ville, demandant aux personnages les plus éminents de se retrouver au palais en ce jour solennel. Tous n'avaient pas répondu à l'appel, par crainte ou par révolte, montrant là qu'ils s'opposaient à cette prise de pouvoir. Les plus timorés avaient prétexté une incapacité à se mouvoir, une maladie soudaine, une circoncision, un mariage, un enterrement de dernière minute. Malgré cela, vingt hommes étaient présents qui attendaient la venue du mercenaire.

Parmi eux, deux clans distincts. Le premier, composé des opposants à Sayid al Saada, était mené par un vieux pasteur, Bakoubé, qui ne se déplaçait jamais sans son troupeau de chèvres. Il l'avait d'ailleurs laissé pour la journée aux portes de la ville, aux bons soins d'un paysan, en attendant de repartir avec lui vers les terres de l'est où il vivait en nomade avec sa tribu, les Korogwe – terres dont ils réclamaient la propriété depuis de longues années, d'où l'origine du conflit avec l'ancien sultan.

Bakoubé était vêtu d'une simple tunique de couleur bleue et possédait pour toute arme et tout bagage un bâton de pèlerin qui ne le quittait jamais, ainsi qu'un exemplaire du Coran dont chaque page avait été lue et relue, palpée et caressée jusqu'à l'usure. Il était grand, sec et noueux, et son regard d'eau claire contrastait avec le hâle de son visage. Sa peau, aussi rêche que celle d'une tortue, avait été burinée, tannée par le vent et le soleil.

Le second clan – en quelque sorte la garde prétorienne de l'ancien sultan – avait pour porte-parole un homme grand et massif appelé Hongo. Cet homme tenait à la main un passe-temps qu'il égrenait entre ses doigts avec une agilité surprenante, produisant une musique continuelle et entêtante au rythme de ses incantations. Il était vêtu d'une cape en peau d'hyrax, qu'il ne sortait que pour les grandes occasions, portait des sandales de cuir, et une ribambelle de colliers de perles pendaient à son cou, ses poignets et ses chevilles. De plus, comme si ces signes extérieurs de puissance ne suffisaient pas, une large cicatrice barrait son front, témoignage d'un coup de griffes de lion, signe qu'il arborait avec fierté, le crâne rasé pour bien la mettre en évidence. À sa ceinture pendait un poignard dont la lame affûtée brillait intensément, attribut du guerrier redoutable. Enfin, pour parachever le tout et faire étalage de sa force, il portait aux tempes des traits de peinture ocre et blanche.

Pour tromper leur attente, tous ces hommes devisaient en swahili de la famine qui sévissait un peu partout sur leurs terres, de la pluie bienfaitrice venue après des mois de sécheresse, et de la guerre imminente. Chaque clan, cependant, restait sur ses gardes, se contentant de hocher la tête aux dires de l'autre, sans émettre de contradiction. En quelque sorte, un échange de politesses avant de passer aux choses sérieuses.

Lorsque le nouveau sultan entra, tous le saluèrent en inclinant la tête, observant un silence religieux. Tous sauf Hongo, qui se contenta de le dévisager de ses yeux noirs.

Tango Massaï comprit qu'il s'agissait là d'un personnage important.

– Qui est cet homme ? demanda-t-il en aparté à Sangani.

Son compagnon d'armes se pencha vers lui et répondit à voix basse :

– Tu as devant toi Hongo, le chef des tribus de l'Ouest. C'est un laibon.

C'était bien un chaman. Un laibon, dans le langage massaï, désignait un devin craint et respecté. Un sorcier aux pouvoirs infinis, détenteur des secrets de la magie, et qui savait interpréter les signes du destin en lisant dans les rêves.

Hongo. En swahili, cela voulait dire « le serpent noir ». Le reptile qui frappe sans crier gare et dont la morsure est mortelle.

Voilà le surnom qu'on donnait à cet homme au regard froid. Et qui, visiblement, ne semblait pas accorder à Tango Massaï le moindre crédit.

– Quant à celui qui lui fait face, continua Sangani à voix basse, il s'agit de Bakoubé, le pasteur. C'est le seul qui puisse devenir notre allié.

Le nouveau sultan, tout en hochant la tête et en remerciant son compagnon, balaya du regard l'assistance et comprit qu'il se trouvait en territoire hostile. Dans leurs yeux, il lut de la méfiance, parfois de la peur, souvent du mépris. Seul Bakoubé lui adressa un faible sourire, qui disparut aussitôt dès qu'il sentit les regards du clan adverse posés sur lui. Tango Massaï comprit alors que rien n'était gagné et qu'il allait falloir les convaincre pour conquérir la légitimité qui lui faisait défaut.

Il s'avança, les salua en s'inclinant à son tour, et prit place face au cercle qui avait été formé.

Ainsi pouvait-il les observer tous, sans jamais leur tourner le dos.

– Messieurs, je vous remercie d'avoir répondu à mon invitation. Aujourd'hui est un grand jour et je tiens à ce que tout le monde partage cette joie avec moi. Vous êtes ici, par la grâce de Dieu, et j'en suis très heureux.

Silence total. Seule une mouche tourbillonnait et vrombissait au-dessus de leurs têtes, indifférente à la tension qui s'installait dans la salle du conseil et pesait désormais sur leurs épaules comme une chape de plomb.

– Si je vous ai conviés au palais, c'est, vous le savez tous, pour une raison bien précise : Sayid al Saada n'est plus sultan de Tabora.

Un temps. Le visage de Bakoubé s'illumina soudain, comme soulagé d'un grand poids.

– Enfin, dit-il.

Puis, comme si ces paroles lui avaient échappé, il se tut à nouveau et se changea en statue de marbre. Tango Massaï, après un rapide coup d'œil à l'assemblée, put continuer :

– Avant de partir, Sayid al Saada m'a nommé à la place qu'il occupait. J'ai ici le document qui le prouve, daté et signé de sa main, et qui me désigne comme son successeur.

Certain de son effet, il sortit de sa poche le parchemin et le tendit à l'homme qui se trouvait assis à sa droite. Ce dernier, un allié de Bakoubé, inspecta la signature, hocha la tête et, tout en tendant le document à son voisin, rendit sa sentence :

– Je ne sais pas lire, mais je reconnais la signature de Sayid al Saada pour l'avoir vue de nombreuses fois.

Le parchemin passa rapidement de main en main, et tous le lurent avec des hochements de tête. Tous, excepté Hongo, qui ne voulut même pas y jeter un regard. Agitant ses mains, il fit tinter ses bracelets de perles et déclara sur un ton méprisant :

– Ce n'est qu'un bout de papier. Cela ne vaut rien à mes yeux.

– À tes yeux, peut-être, rétorqua aussitôt Bakoubé, mais aux miens il vaut tous les papiers officiels. Car il est signé de Sayid al Saada. Et nul ne peut ignorer sa décision. Or, il est bien écrit qu'il abandonne ses charges au profit de cet homme.

Hongo fronça les sourcils. Nullement impressionné – il avait l'habitude de traiter avec Sayid al Saada et avait même tissé des liens d'amitié avec les officiers britanniques en poste à Dodoma – il se leva et, pointant le doigt vers le nouveau sultan, le fustigea, décidé à marquer les esprits :

– Qui es-tu, étranger, pour te prétendre sultan de Tabora ? Et qui t'a donné le droit de chasser Sayid al Saada ? Car je le sais – nous le savons tous – tu l'as chassé et contraint à fuir. La volonté d'Allah n'a rien à voir dans cette histoire. Tu n'es qu'un usurpateur, un rebelle, un despote. Ton titre, tu l'as volé. Et voilà que, depuis hier, la peste est tombée sur la ville !

Les yeux de Hongo lançaient des éclairs de colère et de haine. Le rebelle, qui savait que ceux qui profitaient des largesses de Sayid al Saada et faisaient commerce avec lui seraient difficiles à convaincre, avait toutefois prévu la parade :

– Mon nom est Tango Massaï, même si ce nom te déplaît, et je suis venu pour libérer Tabora et instaurer la démocratie. Pas pour en devenir le tyran comme l'était l'ancien sultan. D'ailleurs, je n'ai qu'une parole : lorsque j'aurai réussi ce que je suis venu entreprendre, je céderai ma place à un conseil de sages représentant le peuple, et je m'en irai.

– Quel peuple ? Les Massaï, que tu représentes, ou bien les Nyamwezi, à qui cette terre appartient ?

S'attendant à cette question embarrassante, il répondit :

– Je crois que tous les habitants, quelle que soit leur ethnie, peuvent appartenir au conseil que j'ai l'intention de mettre en place ici même. Les Massaï comme les Nyamwezi, sans oublier les Iraqw, les Rimi, les Rangi, les Burunge, les Korogwe et toutes les autres ethnies qui cohabitent dans cette région. Je veux apporter à cette ville la liberté. Ce n'est qu'à cette condition que je quitterai Tabora.

– Et que fais-tu de la volonté des Britanniques ?

Il garda le silence un moment, puis :

– Je n'ai pas l'intention de faire appel à eux. Les Anglais n'ont pas voix au chapitre dans mon projet de réforme politique.

– Et s'ils ont vent de ta présence ici et décident d'envahir la ville ?

– Alors je leur déclare la guerre.

Le visage de Tango Massaï était demeuré imperturbable en prononçant ces paroles lourdes de conséquences. Ses yeux n'avaient pas cillé le moins du monde. Quant à son auditoire, surpris, il ne put réprimer sa stupéfaction Les notables se regardèrent, en prenant un air consterné, puis courroucé.

– Déclarer la guerre aux Britanniques ?

– Avec quelles forces ? Et surtout quelle armée ?

– Tu ne crois tout de même pas qu'avec ta poignée de mercenaires, tu vas mettre en échec la puissance de la Couronne ?

– Sais-tu ce qu'est une guerre contre des soldats armés jusqu'aux dents ?

– Par Allah, cet homme est dangereux ! Encore plus dangereux que les Anglais et que le major Welton.

– Leur déclarer la guerre ? Ce serait signer notre arrêt de mort à tous.

Le nouveau sultan leva une main lasse.

– La bataille n'est pas encore engagée que

déjà vous pensez à la défaite. Je vous croyais plus valeureux. Vous me décevez terriblement.

Bakoubé, le plus sage d'entre tous, prit alors la parole.

– Je dois avouer que, pour une fois, Hongo a raison. Comment veux-tu battre les Anglais s'il leur prend l'envie de te déloger de Tabora ? Ils ont des fusils et des troupes en nombre. Avec ta misérable armée, tu ne tiendrais pas une journée.

– Le peuple est avec moi. Et par la grâce de Dieu, je réussirai !

– Le peuple est toujours du côté du plus fort, se mit à tonner Hongo, mais Allah sait ce qui est juste et ce qui ne l'est pas. Un soulèvement populaire tiendra jusqu'à ce que les troupes du major Welton interviennent. Là, ils se disperseront comme une nuée de moineaux, et tu te retrouveras seul. Face à toi-même et à ta folie.

Le silence s'éternisa.

– Nous verrons bien, finit par conclure Tango Massaï. Et les Anglais ne sont pas encore là. En attendant, je vous demande d'annoncer dans tout le pays qu'il y a un nouveau sultan à Tabora et que ce sultan se nomme Tango Massaï.

Puis, comme en aparté, il se tourna vers le laibon :

– Ne t'en fais pas, Hongo. Avec moi, tu jouiras des mêmes privilèges que sous l'ancien sultanat. Et si tu m'accordes ton soutien, tu seras récompensé. Tu feras toi aussi partie du conseil des sages que je compte mettre en place. Alors viendra l'heure de la liberté.

Hongo rétorqua :

– Tu parles de liberté. De quelle liberté s'agit-il ? Celle de tes guerriers qui donneraient leur vie pour toi parce que tu les payes grassement avec l'argent volé à tes victimes ? Celle des gens de Tabora qui vivent désormais sous ta coupe ? Ou bien celle des pauvres gens que tu prétends venir libérer en te nommant, toi l'usurpateur, nouveau sultan ?

Cette remarque jeta un froid parmi l'assistance. Tango Massaï, pourtant, ne se démonta pas. Il soutint le regard de Hongo et répondit sur un ton plein de colère :

– Je fais cela pour la grandeur de cette cité. Pour la gloire et la grandeur de Tabora. Je fais cela pour tous ceux qui vivent ici et qui veulent continuer à y vivre dignement. Je fais cela pour mon peuple, les Massaï, qui en ont assez de vivre sous le joug des sultans et des Anglais. Et si je suis sultan aujourd'hui, c'est parce que personne d'autre que moi n'a eu le courage de rassembler une armée, de la conduire jusqu'ici et de renverser le tyran. Personne !

Soudain ivre de rage, il ponctua ce dernier mot en abattant violemment son poing sur la table.

– Maintenant, si quelqu'un conteste cette prise de pouvoir et la trouve illégitime, qu'il le dise sur-le-champ et qu'il s'en aille à jamais de la table des discussions.

De longues secondes passèrent. Personne n'intervint.

– Très bien. Puisqu'il en est ainsi, je déclare cette séance de travail terminée. Vous venez de confirmer officiellement ma nomination comme sultan de Tabora. Et je le resterai jusqu'à ce qu'un conseil de sages soit désigné.

Tango Massaï se leva d'un bond et, d'un geste de la main, congédia tout le monde. Les chefs de tribu, menés par Bakoubé, quittèrent le palais et se précipitèrent vers la mosquée car c'était l'heure de la prière. Seul Hongo, le serpent noir, rechigna à s'en aller. Avant de partir, il fixa une dernière fois le sultan et siffla entre ses dents quelques mots incompréhensibles. Puis, en s'enveloppant dans sa cape en hyrax, il quitta la salle.

– Qu'a-t-il dit ?

Sangani attendit qu'il fût hors de portée de voix et traduisit :

– « Avant dix jours, tu ne seras plus sultan. »

– Pourquoi cela ? Croit-il possible de nommer un conseil en si peu de temps ?

– Non. Ce n'est pas ce qu'il voulait dire.

– Alors ? s'impatienta Tango Massaï.

– Il prétend qu'avant dix jours, tu seras mort.

IV

Au-dehors, tandis que ses guerriers semblaient déterminés à festoyer jusqu'aux premières lueurs de l'aube, Tango Massaï attendit les notables à la sortie de la mosquée, puis les accompagna jusqu'à la sortie de la ville.

Parvenus à la Porte de jade, Bakoubé retrouva son troupeau, le sourire aux lèvres. Après avoir salué tout le monde, il se tourna vers Tango Massaï et lui glissa à l'oreille :

– Ta tâche va être difficile, j'en ai bien peur, car Hongo va tout tenter pour la faire échouer. Mais sache que je prierai chaque jour pour qu'elle s'accomplisse. Instaurer un conseil de sages pour gérer Tabora me paraît une excellente idée.

Le sultan lui sut gré de son soutien et lui confia :

– Quoi qu'il arrive par la suite, je veillerai à ce que ce conseil soit présidé par tes soins. Tu es sans aucun doute, dans toute cette ville, celui qui mérite le plus d'assumer cette fonction.

Bakoubé le remercia en s'inclinant, la main sur le cœur et, se saisissant de son bâton de pèlerin, s'apprêta à prendre le chemin du retour.

Hongo, quant à lui, enfourcha son cheval et jeta à Tango Massaï un dernier regard plein de mépris, impatient de rejoindre les terres rouges du Pays de la lune.

Il s'en allait sans saluer personne lorsqu'un nuage de poussière envahit l'horizon. Les hommes présents tournèrent le regard vers le nord et virent bientôt arriver un cavalier au triple galop.

– Malheur ! Malheur à tous ! s'écria-t-il.

– Qu'y a-t-il ? demanda Tango Massaï en reconnaissant l'éclaireur qu'il avait laissé en surveillance sur la route de Mwanza. De quel malheur parles-tu ?

L'homme, sans même descendre de cheval, annonça :

– Sayid al Saada est mort.

Un sentiment d'épouvante les saisit l'un après l'autre.

– Que dis-tu ? demanda Bakoubé.

L'éclaireur tenta de calmer sa monture qui piaffait et écumait, après la longue course dans la plaine.

– On a retrouvé le corps de Sayid al Saada en bordure d'un marigot, continua-t-il. Il était étendu, face contre terre, le crâne fracassé, vidé de son sang.

Aussitôt, un concert de lamentations s'éleva du groupe des notables :

– Par Allah tout-puissant !

– Mon Dieu, quelle horreur !

– Cela devait arriver !

– Quel crime affreux !

– Que Dieu châtie les auteurs d'un tel forfait et maudisse leurs familles jusqu'à la septième génération !

Certains d'entre eux imploraient le ciel et se lacéraient le visage avec leurs ongles. C'était à qui ferait la démonstration la plus convaincante de son chagrin.

– Où l'a-t-on retrouvé ? demanda Bakoubé,

toujours aussi serein malgré la gravité de la nouvelle.

– Près d'Igalula, sur la route de Dodoma, à une heure de cheval à l'est. Les paysans, dès qu'ils l'ont découvert, ont ramené sa dépouille au village et ont commencé les rites funèbres.

Tango Massaï s'avança.

– Puisqu'il en est ainsi, allons sans tarder là-bas pour voir de nos propres yeux si tout cela est vrai. Quant à toi, conclut-il en s'adressant à l'éclaireur, rejoins le palais, préviens Meeyu de ce qui arrive, prends un peu de repos si tu le désires et attends notre retour.

Une étrange procession fit son entrée dans le village d'Igalula, sur la route de Dodoma, faisant fuir devant elle les chiens, les troupeaux, et forçant les enfants à se réfugier dans leurs cases.

Tango Massaï, juché sur son cheval bai, escorté de Sangani, de Hongo, de Bakoubé et de quelques notables de Tabora, arriva bientôt sur la place principale où l'attendait un groupe de femmes qui chantaient et se lamentaient.

Elles étaient assises en cercle autour d'un lit mortuaire sur lequel était allongé le corps de Sayid al Saada. L'une d'entre elles, sans doute la plus âgée, était debout et restait silencieuse. Tenant à la main un bol d'encens dont elle saupoudrait le corps du défunt, elle officiait, selon les rites funèbres.

Tango Massaï, sans même descendre de cheval, s'approcha du cercle et vit que l'homme étendu sur le lit mortuaire était Sayid al Saada. Sans aucun doute possible. Son corps massif, sa tunique, sa barbe, les traits de son visage, tout était aisément reconnaissable. Mais en s'avançant plus près, il découvrit une profonde entaille dans la tempe gauche du défunt, une blessure rougeâtre par laquelle le sang et la vie avaient dû s'écouler.

Le mercenaire contempla longuement le corps exsangue du sultan, lui rendit un dernier hommage silencieux, puis porta son regard sur la vieille femme. Il allait lui adresser la parole quand Sangani, plus vif, se porta à sa hauteur et l'en empêcha en lui saisissant le bras.

– Laisse-moi lui parler. Je la connais. Il s'agit de Nalamai, une sorcière massaï.

Le guerrier à la tunique rouge s'approcha d'elle, la salua, et ils se parlèrent à voix basse de longues minutes. La vieille femme hochait la tête, comme pour approuver ses dires, sans cesser de répandre l'encens et de mâcher une herbe sauvage destinée à éloigner les mauvais esprits. À ses côtés, les pleureuses continuaient à se lamenter et à déclamer des oraisons funèbres. Sangani, comprenant qu'il n'en apprendrait pas davantage, remercia Nalamai, lui glissa une pièce dans la main et s'en retourna vers ses compagnons.

– Alors ? demanda le mercenaire, que dit-elle ?

– Rien que nous ne sachions déjà. Le corps de Sayid al Saada a été retrouvé hier soir par un paysan, à la sortie du village. Il gisait en bordure d'un marigot, le front reposant sur une pierre, une mare de sang à côté de lui. Son cheval demeure introuvable. Quant à ses bijoux et à son argent, ils avaient disparu.

Sangani observa les réactions sur les visages et reprit :

– Il s'agit sans doute d'un accident. Quelque

mauvaise chute. À la suite de quoi un maraudeur l'a délesté de ses biens.

Mais Hongo, plus perfide, rétorqua immédiatement :

– Je crois plutôt qu'il a été assassiné.

Un murmure parcourut l'assistance. Certains notables frémirent, d'autres hochèrent la tête en signe d'assentiment. Seul Sangani demeura imperturbable.

– Nul ne peut le dire avec certitude, Hongo. Accident ou meurtre, il est difficile de savoir quelle est la vérité.

– Que dit Nalamai ?

– Elle ne sait pas. La blessure à la tempe peut avoir été provoquée de diverses manières.

– Il a été assassiné, je vous le dis et vous le répète.

Cette fois, Tango Massaï choisit d'intervenir. Comprenant quel piège le laibon voulait lui tendre, il fit un effort surhumain pour contenir la colère qui grondait en lui. Après avoir remercié Sangani pour ses précieuses informations, il se tourna vers Hongo, s'approcha de sa monture, en caressa l'encolure d'une main ferme et, tout en lui jetant un regard noir, rétorqua :

– Que veux-tu insinuer ? Que j'ai fait assassiner Sayid al Saada après lui avoir promis la vie sauve ? Que je suis un parjure, un traître et un meurtrier ?

Hongo, voyant que le mercenaire, d'un seul geste, était en mesure de le jeter à bas de son cheval, se fit plus mesuré :

– Je n'insinue rien. Je dis simplement que Sayid al Saada a succombé à une mort violente et atroce. Et qu'il sera difficile de faire admettre au peuple de Tabora qu'il ne s'agissait pas là d'un assassinat.

– Cela change tout, murmura Bakoubé, les yeux dans le vague. J'ai bien peur que tout cela ne se retourne contre toi et ne déchaîne une nouvelle folie.

Cela changeait tout, en effet. Maintenant que la première goutte de sang avait été versée, nul doute que tout allait s'envenimer. Hongo, juché sur sa monture qui piaffait, se tourna soudain vers le chef des rebelles et demanda, avec un sourire fielleux :

– Que vaut désormais ton bout de papier te nommant sultan alors que son signataire a été retrouvé mort ? Tu vois, les événements vont même plus vite que je ne le croyais. Je t'avais prédit dix jours de sursis. En fait, tu n'auras été sultan de Tabora qu'une seule journée.

Tango Massaï se tourna lentement vers lui.

– Je n'ai pas encore abdiqué, dit-il d'une voix forte. Nous ignorons tous ce qui est arrivé à Sayid al Saada.

– Qui es-tu pour te croire plus fort que la vérité ? demanda Hongo. Qui es-tu, Tango Massaï ? Et combien de temps vas-tu tenir tête aux Anglais avant que ne sonne l'heure de la vengeance ?

Ces paroles résonnèrent sur la place du village d'Ilagula, près du corps sans vie de Sayid al Saada. Hongo, sans attendre la moindre réponse, éperonna sa monture et lança en guise de conclusion :

– Lorsque la nouvelle se répandra, ce sera la guerre. Et alors nous nous retrouverons.

Puis, dans un grand rire sonore, il s'en fut en direction du Pays de la lune, laissant derrière lui une assemblée décontenancée.

Les autres notables l'imitèrent l'un après l'autre, saisissant les rênes de sa mule, de son cheval ou de son âne, sans même prendre la peine de saluer le nouveau sultan en qui ils croyaient désormais voir un criminel. Seul Bakoubé lui adressa une dernière fois la parole :

– Sache que, malgré ce qui vient de se dérouler, tu as toujours ma confiance. Je ne te crois pas coupable d'un tel forfait.

– Tu peux me croire sur parole, Bakoubé. Et tu peux demander à Sangani : jamais je n'aurais fait pareille chose.

Le guerrier rouge approuva d'un signe de tête.

– Nous sommes peut-être des mercenaires, reprit-il, mais pas des meurtriers. Si j'avais voulu me débarrasser de lui, je l'aurais livré à la foule.

– Je te crois, dit Bakoubé, et je comprends également pourquoi tu fais tout cela. Pour l'honneur et la liberté ! Mais la mort de Sayid al Saada va compliquer bien des choses. Hongo et les Anglais vont tout faire pour te destituer, et j'ai bien peur qu'une nouvelle guerre commence et ne vienne ruiner ces contrées.

Tango Massaï le remercia de sa sollicitude à son égard et conclut :

– Je ferai tout pour l'éviter. Tu peux aller sans crainte à ce sujet. Je n'aime pas la guerre.

Bakoubé fronça les sourcils, étonné.

– Pour un rebelle comme toi, c'est difficile à croire.

– C'est pourtant la vérité. Je n'aime ni la mort, ni le sang, ni le bruit des armes. Je n'aime que la liberté.

Bakoubé posa la main sur l'épaule du nouveau sultan, et un léger sourire éclaira son visage de cire.

– Qu'Allah tout-puissant t'entende !

Puis il s'en fut en direction de la plaine, accompagné de son troupeau de chèvres, pour bientôt disparaître dans un nuage de poussière rouge que le crépuscule rendit encore plus flamboyant.

Tango Massaï et Sangani revinrent à Tabora à la nuit tombée. Sans se faire remarquer des soldats et de la foule, ils gagnèrent la grande salle du palais où Meeyu les attendait. Prévenue par la sentinelle de la terrible nouvelle qui venait de les frapper, elle s'était vêtue d'une tunique de couleur bleue dont elle se parait parfois pour les cérémonies religieuses. Les deux hommes comprirent que c'était sa façon à elle de porter le deuil. Sangani, lui, ne quittait jamais l'étoffe rouge qui faisait de lui un redoutable guerrier, même lorsqu'il devait assister à une veillée funèbre. Quant à Tango Massaï, vêtu en toute occasion de son éternel uniforme noir, il arborait un visage d'une profonde gravité.

Ils échangèrent peu de mots et mangèrent du bout des lèvres les mets qui leur furent présentés. Selon un accord tacite, nul ne semblait vouloir évoquer l'affaire. Ce fut pourtant Meeyu qui rompit le silence la première.

– Tango.

– Oui ?

– Crois-tu que Sayid al Saada ait été assassiné ?

Le mercenaire avala une bouchée de galette de maïs imbibée de jus de viande, but une rasade de thé, déglutit longuement et répondit :

– Il s'agit bien d'un assassinat. Il n'y a aucun doute à ce sujet.

Puis il ajouta, comme pour éviter la question

embarrassante à laquelle elle devait inévitablement penser :

– Je peux te jurer que je n'y suis pour rien. Je ne voulais pas qu'il meure. Cela complique trop de choses et me fait perdre un temps précieux. En un mot, si tu veux vraiment savoir, cela me nuit profondément.

Meeyu, d'un geste gracieux, posa la main sur le rebord de la table et murmura :

– Dans ce cas, qui en est le responsable ?

Sangani fut plus prompt.

– Cela peut être n'importe qui, dit-il. Beaucoup de gens en voulaient à sa vie. Tous ici avaient un différend avec Sayid al Saada. Et peut-être même Hongo.

Meeyu jeta un regard d'étonnement au guerrier. Mais Tango Massaï semblait de son avis.

– Sangani a raison. Hongo a très bien pu ordonner ce meurtre simplement pour pouvoir m'en accuser ensuite. Je le pense tout à fait capable de cette fourberie. Car du fait de ses bonnes relations avec les Anglais de Dodoma, il aurait pu tout à fait prétendre au poste de sultan... et l'idée d'un conseil de sages, bien entendu, doit gêner ses projets. Mais rien n'est encore perdu. Et de toute manière il est inutile de chercher à connaître la vérité. Sayid al Saada est mort, et dès demain cette nouvelle se propagera dans toute la ville comme une traînée de poudre.

Tango Massaï réfléchit un instant, regarda tour à tour ses deux compagnons et annonça d'une voix tranchée :

– Désormais, il va falloir se méfier de tout et de tous.

La nuit suivante, Tango Massaï dormit mal, d'un sommeil agité, troublé de cauchemars.

En pleine nuit, il se réveilla en sursaut, haletant. Il avait rêvé qu'on tentait de l'assassiner à son tour et qu'il n'en avait réchappé que par miracle. Sans nul doute un mauvais présage.

La mort de Sayid al Saada le troublait profondément. Dieu lui était témoin qu'il ne l'avait pas souhaitée. Mais que faire pour prouver son innocence ? Et était-il vraiment innocent ? En le destituant et en le chassant de la ville sans aucune protection ni escorte, n'avait-il pas signé lui-même son arrêt de mort ?

À son côté dormait Meeyu, blottie dans le drap, les lèvres entrouvertes, le souffle léger. Il baisa sa tempe et, le sommeil l'ayant fui, décida de se lever. Sans un bruit, il s'habilla, sortit de sa chambre et se dirigea vers la salle du conseil. Là, il s'assit dans le fauteuil du sultan où il passa le reste de la nuit à rédiger quelques décrets concernant les nouvelles lois démocratiques qu'il souhaitait instaurer à Tabora. Puis, après ce labeur, tandis que l'aube ne tarderait plus et que Sangani, déjà levé, préparait le thé qu'ils boiraient ensemble un peu plus tard, il sortit du palais et s'installa sur le perron du grand escalier.

Devant lui, sur la place encore illuminée par quelques flambeaux que le vent n'avait pas eu la force d'éteindre, les guerriers, brisés de fatigue, dormaient sous les tentes, ou bien encore à la belle étoile, sur des nattes et des tapis étendus à la hâte. Repus de rires, de chants, de viande et d'alcool, le sourire aux lèvres, ils ne savaient rien de la mort de Sayid al Saada. Tango Massaï n'avait pas jugé bon de troubler la fête. Pas encore. Il serait bien assez tôt, aujourd'hui, d'honorer la mémoire de son prédécesseur en imposant un jour de deuil.

Il resta longtemps à réfléchir, puis, levant les yeux au ciel, il contempla longuement l'horizon se colorer peu à peu, tentant d'apercevoir dans les signes de cette aube nouvelle ce que tous redoutaient et que lui, au contraire, espérait depuis tant d'années : être enfin confronté à son destin.

Allait-il réussir dans sa délicate mission, devenir le chantre de la liberté à laquelle il aspirait depuis si longtemps, ou bien échouerait-il ? La réponse viendrait bientôt. Et elle serait sans appel : il serait vainqueur, ou il mourrait. Il n'avait aucune autre alternative. La réussite ou la mort.

Lui revint alors en mémoire la question de Hongo – question le plongeant soudainement dans son passé – et qui était la suivante : Qui était réellement l'homme qu'on appelait Tango Massaï ? Et pourquoi luttait-il pour la liberté ?

Deuxième partie

V

Qui était Tango Massaï ? Qui était-il et que faisait-il ici, dans cette ville qui n'était pas la sienne et qui pourtant était en son pouvoir ? Quels rêves de démesure, quels motifs l'avaient conduit en ce lieu ?

On savait peu de chose sur lui, si ce n'est qu'il commandait une armée qui, du Kenya au Tanganyika, avait pour habitude de défendre la cause des peuples opprimés.

Un rebelle. Voilà sans doute sa véritable profession. Un homme qui n'hésitait pas à accomplir des missions d'un genre un peu particulier. Et le seul, certainement, à oser défier la puissance britannique et à se dresser contre l'autorité abusive du sultanat. En quelque sorte, il ne se battait pas pour lui-même mais pour rendre cette terre à ses véritables propriétaires.

L'armée de Tango Massaï. Ce n'était pas vraiment une armée. Plutôt une centurie de guerriers rouges recrutés au hasard de l'errance de leur chef et que la promesse de s'enrichir rapidement avait convaincus de le suivre où bon lui semblait d'aller. Mais s'il était vrai qu'elle ne possédait aucune cohésion, son armée était plus redoutable qu'aucune autre en Afrique. Chacun de ses hommes avait tant guerroyé aux côtés de Tango Massaï, tant gagné de batailles et tant vécu d'aventures que, avec ou sans butin à la clé, tous l'auraient suivi jusqu'au bout du monde.

Ce qu'ils avaient entrepris autrefois pour de l'argent, ils l'accomplissaient désormais avec dévotion, comme on pratique un culte.

Tango Massaï était pour eux une icône, presque une divinité. En premier lieu parce qu'il était courageux et menait chaque bataille en se plaçant en première ligne, ce qui lui avait valu de nombreuses blessures, des stigmates qu'il portait comme des trophées. Ensuite parce qu'il ne semblait pas connaître la peur. Enfin parce qu'il se croyait investi d'une mission divine : être le chantre de la démocratie au

Tanganyika. Même s'il jugeait bon, pour parvenir à ses fins, d'assurer un intérim sine die. En somme, de devenir sultan.

Tango Massaï n'avait pas toujours été aussi ambitieux. Avant d'investir Tabora à la tête de son armée de cette manière si étonnante qu'elle devait marquer les esprits pendant de longues années, avant même de songer qu'un jour il commencerait cette guerre destinée à prendre sous sa coupe une grande partie du pays afin de défendre l'honneur d'un peuple, il avait été un tout autre homme.

Pour le connaître, il fallait remonter à bien des années en arrière lorsque, enfant, il avait vu succomber son père à la fièvre de la tanzanite.

Bien qu'il fût un homme de race blanche, Tango Massaï avait vécu son enfance au pays des hommes noirs, à Arusha. Au beau milieu d'une réserve où les lions, les hommes et les antilopes vivaient de concert, au pied du Kilimandjaro, la plus haute montagne d'Afrique, non loin du cratère du Ngorongoro, deux des plus beaux fleurons qu'offre la nature du Tanganyika. Et bien que sa peau ne fût pas noire, il s'était toujours pris pour un Massaï.

Tout cela à cause d'une pierre précieuse : la tanzanite. Une pierre qui avait décidé de son destin en incitant ses parents à se rendre en ce lieu pour procéder à son extraction et en commercialiser ensuite les plus belles variétés dans le monde entier. Car la région d'Arusha était – et demeure encore – la seule au monde où l'on peut trouver, sur quelques milliers d'hectares à peine, cette pierre précieuse parmi les plus recherchées et les plus originales du monde. La tanzanite, véritable joyau du Tanganyika, appelée parfois la pierre aux trois couleurs, constituait le plus grand trésor des Massaï. Un trésor que le père de Tango passa le plus clair de son existence à chercher dans les terres rouges d'Arusha.

Adolphe Ferrer – puisque tel était son nom – était un géologue de renom. Après une formation scientifique dans les meilleures universités européennes, de nombreux voyages dans diverses régions du globe, il avait débarqué un beau jour au Tanganyika avec femme, enfant, bagages, rêves et illusions, dans l'espoir de vendre dans le monde entier cette pierre précieuse qu'il considérait comme l'une des curiosités les plus étonnantes que la nature pût offrir. Fort de son expérience de géologue, s'appuyant sur sa connaissance exceptionnelle des gemmes et de leurs caractéristiques, il s'était installé à Arusha, avait obtenu sans trop de difficulté la concession d'une mine, et entrepris, en accord avec les autorités britanniques et les instances massaï à qui il reversait un pourcentage conséquent, d'extraire les joyaux du sous-sol de cette enclave.

Ce qui le fascinait dans cette pierre, c'était non seulement sa rareté et sa valeur, mais également le fait qu'elle possédât trois couleurs totalement différentes : une face bleue, une autre pourpre et une troisième noire. Il y voyait une parabole. À l'instar de la tanzanite, l'âme humaine changeait de couleur et s'assombrissait au fur et à mesure qu'elle se rapprochait de la mort : de bleue pour l'enfance, elle devenait pourpre à l'âge adulte, puis noire à la vieillesse. Bien qu'il n'osât se l'avouer, Ferrer savait que cette pierre fascinante révélait ainsi la condition des hommes qui était de disparaître, de s'éteindre, comme un joyau qui, après avoir trop longtemps brillé, se change en cendre.

Malgré quelques rares découvertes, les premières années furent laborieuses et ne donnèrent que très peu de résultats. Les gemmes que ses ouvriers ramenaient à la surface étaient rarement d'une qualité exceptionnelle et se trouvaient souvent éloignées les unes des autres. Il pouvait donc se passer de nombreux jours entre la découverte de deux tanzanites. Des jours stériles, que l'on classait à perte dans les comptes de l'exploitation minière.

Bien qu'il ne voulût pas l'admettre, Ferrer était tout simplement en train de se ruiner. Pendant de longues périodes, ses hommes fournirent un effort surhumain, travaillèrent d'arrache-pied dans des conditions épouvantables, souvent à vingt ou trente mètres sous terre, arrachant à coups de pelle et de pioche chaque centimètre carré de terre de ces montagnes, pour ne trouver parfois que quelques carats. Pour saper davantage encore le moral de Ferrer, l'arrivée de la saison des pluies sonnait le glas de ses espérances. Non que le travail fût rendu plus difficile, mais avec la pluie les ouvriers quittaient la mine sans aucun regret, heureux de trouver là une manne bien moins aléatoire que la découverte d'une tanzanite. Avec l'eau, on pouvait faire pousser du mil, du maïs, du blé, du sorgho et de l'orge. L'assurance pour tous de subvenir aux besoins de leur famille jusqu'à la saison suivante.

Ainsi Ferrer redoutait avec raison la saison des pluies, sachant qu'il se retrouverait seul, pendant un laps de temps indéfini, devant une mine désertée. Cela pouvait durer des semaines, voire des mois entiers, jusqu'à ce que le soleil reprît enfin ses droits et qu'on se lassât des travaux des champs. Il voyait alors avec plaisir les ouvriers reprendre le chemin de la mine et recommencer leur lent et pénible travail d'extraction. Et, de nouveau, son cœur s'emplissait d'espoir.

Parfois, la chance leur souriait et on découvrait un nouveau gisement. Une roche scintillante de mille feux faisait son apparition, récompensant des mois d'efforts et de labeur acharné, accueillie dans un concert de louanges et de cris de joie. On était alors assuré d'avoir du travail pour plusieurs jours et un salaire à la fin du mois. Mais la fête était de courte durée, les gisements bien vite épuisés. Et le maigre profit que Ferrer parvenait à engranger lorsqu'il réussissait à vendre à bon prix les quelques pierres qui lui revenaient de droit, il lui fallait l'investir dans du nouveau matériel, ou payer une nouvelle taxe instaurée par le gouvernement, ou encore augmenter ses ouvriers pour ne pas les voir à nouveau retourner à leurs travaux agricoles. Ainsi, chaque fois qu'il possédait un peu d'argent, sa femme et son fils n'en profitaient guère. Se nourrissant comme les Massaï, habitant les mêmes cases qu'eux, ils menaient une vie bien éloignée du confort à l'européenne.

La femme de Ferrer, loin de s'en plaindre, ne survécut pas longtemps à ce traitement. Quelques années après s'être installée à Arusha, exténuée par cette vie de fatigue et de privations, elle mourut de fièvre.

Elle laissait derrière elle un homme hagard, perdu, aveuglé par ses illusions, et un enfant qui n'avait pas encore douze ans.

Ainsi Tango fut-il, dès l'adolescence, marqué au fer rouge de la tragédie et vit-il son âme bleue se teinter de pourpre, ses rêves s'envoler et revêtir la couleur du sang.

Pour ne pas céder au chagrin, il choisit de suivre les traces de son père et se mit au travail avec une rare ardeur, se rendant chaque matin à la mine dans l'espoir d'en tirer le trésor que la vie lui avait volé. Ce qui finit par arriver un jour, à force de courage, d'abnégation et, il faut bien l'avouer, de beaucoup de chance.

La mine de Ferrer était située sous le tertre d'une petite colline, sur les hauteurs d'Arusha, en plein cœur de la zone où, quelques années plus tôt, on avait découvert la première pierre tanzanite. Pour y accéder, il fallait gravir une sente, franchir un enclos, se présenter devant la guérite du gardien – une cabane composée de mauvaises planches qu'il ne quittait jamais, de jour comme de nuit. Enfin, à quelques mètres de la cabane, il y avait un trou dans le sol, protégé par une tôle ondulée fixée sur quatre pieux : l'entrée de la mine. Une échelle en permettait l'accès, conduisant aux galeries souterraines où régnait une véritable fournaise.

Tango avait pris l'habitude de se rendre dans la galerie la plus éloignée de l'entrée de la mine, là où l'air arrivait à grand-peine, saturé et chargé de particules de poussière, mais qui présentait le plus grand intérêt car elle s'enfonçait au cœur de la montagne.

C'est là, dans cette galerie, au bout de six mois d'un labeur acharné, qu'il finit par obtenir la récompense de tous ses efforts. Des milliers et des milliers de coups de pioche, bien souvent inutiles, pour qu'un seul, le dernier, révélât un éclat comme personne n'en avait jamais connu. Une pierre, grosse comme un œuf de pigeon, se mit à scintiller devant ses yeux, dans le faisceau de lumière de la lampe-tempête qu'il portait constamment au front. Ahuri par la découverte qu'il venait de faire, Tango s'immobilisa et, de la main, caressa l'apparition. Il en éprouva la dureté et comprit qu'il tenait là une pièce extraordinaire. Avec beaucoup de délicatesse, il extirpa la gemme de sa gangue et entra alors en possession de la plus belle et de la plus pure tanzanite jamais extraite dans la région.

Pour couronner le tout, il fit ensuite la découverte d'un véritable nid de gemmes – un nid comme en rêvent tous les chercheurs de pierres précieuses au monde. En tout et pour tout, en ce jour béni par les dieux, Tango parvint à extraire de ce pan de roche plus d'une vingtaine de pierres précieuses presque aussi belles que la première.

Ce filon, qui rapporta plus d'argent que son père n'en avait gagné en dix ans d'exploitation, lui procura une renommée extraordinaire dans tout Arusha et attira sur lui l'attention du grand chef massaï Makondo.

Ce vieux sage, dont les pouvoirs étaient immenses, se présenta un jour à la mine, accompagné de plusieurs officiels et de quelques curieux, et demanda à voir celui qui avait découvert la fabuleuse tanzanite. Ferrer reçut avec les honneurs cet homme puissant dont la renommée s'étendait dans tout le pays, lui offrit une bière au miel et l'invita à entrer chez lui.

Le vieil homme, tout en faisant tinter les colliers de perles et les bracelets qui ornaient son cou, ses poignets et ses chevilles, refusa et attendit sur la terrasse.

Lorsque, un peu plus tard, Tango fit son apparition, Makondo le questionna d'emblée :

– Est-ce toi le héros d'Arusha ?

L'adolescent préféra rester prudent.

– Héros, je ne sais pas. Mais c'est bien moi qui ai trouvé la tanzanite, si c'est ce que vous voulez dire.

– Sais-tu que cette pierre est unique ?

– On me l'a dit.

– Sais-tu également qu'elle vaut beaucoup d'argent ?

– Je le sais.

Makondo, le regard toujours aussi grave, continua :

– Quel est ton nom ?

– Je m'appelle Tango. Tango Ferrer.

Le vieux sage, cette fois, se fit moins sérieux. Il arbora un léger sourire, posa sa main sur l'épaule du jeune homme et lui dit :

– Désormais, où que tu ailles au Tanganyika, on te nommera Tango Massaï.

Makondo était un laibon, un sorcier natif de Kibara, sur les rives du lac Victoria, au nord-ouest du pays, qui avait connu un destin hors du commun.

Alors qu'il était encore un jeune homme, il s'aperçut qu'il était capable de lire dans les songes les signes du destin, comme si, élu des dieux, il était en quelque sorte leur messager sur Terre. En quelque sorte, un laibon aux pouvoirs extraordinaires.

Un rêve qu'il fit tout éveillé, un jour de grand soleil, fit basculer sa vie. Dans ce rêve, il vit un long serpent de fer au-dessus duquel une nuée de papillons blancs tournoyaient en silence. Juste cela. Un serpent de fer. Et des papillons blancs. Le serpent rampait et glissait au milieu de la plaine et les papillons étaient si nombreux qu'ils obscurcissaient le ciel. Enfin, un lion apparut et captura entre ses griffes le serpent de fer. Aussitôt, les papillons blancs s'éparpillèrent dans le ciel, découvrant à nouveau la lumière du soleil.

Makondo comprit aussitôt que ce songe n'était pas un simple rêve comme ceux qu'il faisait parfois en dormant, mais une prémonition. Que tout ce qu'il venait d'apercevoir allait devenir réalité un jour. Et qu'il était un sorcier aux pouvoirs étranges.

À partir de ce jour, Makondo prit son bâton de pèlerin, s'en alla sur les routes et raconta à qui voulait bien l'écouter la teneur de son rêve. Tous comprirent qu'il s'agissait là d'une vision et que, par la bouche de Makondo, le dieu unique Enk-aï, maître de la création et de toute chose sur Terre, avait voulu délivrer un message à son peuple.

« Un jour, un serpent de fer, accompagné d'une nuée de papillons blancs, pénétrera jusqu'aux terres intérieures des Massaï et nous repoussera jusqu'aux frontières des lacs de l'ouest. Ce jour-là, ce sera la guerre. Il faudra nous préparer à combattre et à vivre des jours de malheur. Avant que ne vienne le lion qui enserrera dans ses griffes le serpent de fer et saura nous délivrer de l'emprise des papillons blancs ».

Cette histoire, Makondo la répétait à l'envi, le front haut, fier et droit dans son habit de cérémonie, assis parmi les membres du conseil des neuf sages de chaque village. Puis, certain d'avoir été entendu, il saisissait son bâton de pèlerin et reprenait sa route.

Lorsque, enfin, il eut visité toutes les tribus du nord du Tanganyika, qu'il eut alerté tous ses frères du danger à venir, Makondo retourna à Kibara, son village natal, et se mit à attendre patiemment le moment où la prophétie se réaliserait.

Lors de sa visite à Arusha, Makondo fascina Tango au plus haut point. Pendant de longs jours, il ne fit que penser à lui, le magnifiant, l'idéalisant, comme il avait magnifié le souvenir de sa mère depuis qu'elle n'était plus de ce monde. Et lorsque, quelques mois plus tard, Adolphe Ferrer mourut à son tour, emporté par la fièvre des marais – comme si la boucle du temps devait se refermer à jamais sur ses origines – Tango Massaï songea d'abord à Makondo.

Ses habits de deuil, il ne les porta qu'une journée, lorsqu'il reçut la visite des amis de son père qui, d'ailleurs, étaient trop affectés par le chagrin pour lui être d'un quelconque secours dans cette nouvelle épreuve qu'il se devait de traverser seul.

Dès le lendemain des obsèques, il se permit d'enfreindre la loi tacite qui imposait à tous les proches d'un défunt l'isolement et le recueillement durant le deuil, quitta Arusha et rejoignit Kibara après trois jours de voyage. Là, enfin, il s'enquit de la demeure de Makondo.

Makondo vivait sur les hauteurs de Kibara, au sommet d'une colline surplombant le lac, dispensant son aide à tous ceux qui en avaient besoin et qui étaient prêts à venir jusqu'à lui pour entendre de sa bouche les prophéties. La plupart du temps, il se tenait assis sur un tronc d'arbre, devant la case familiale où vivaient sa femme, ses filles et ses fils, les yeux fixés sur le ciel. La peau de son visage était tannée comme du vieux cuir, ses rides profondes et nombreuses, et ses yeux à demi fermés pour se protéger de l'intensité de la lumière. Tout au long de chaque jour, Makondo attendait un nouveau rêve éveillé, quelques infimes secondes de révélation pour se rapprocher des astres. Dans l'espoir de cette communication avec les divinités, il scrutait le ciel tout en jouant avec les perles de son collier, chantant à voix haute des mélopées rythmées, ce qui incitait les gens qui ne le connaissaient pas à le prendre pour un pauvre fou solitaire qu'on avait abandonné au soleil et à la pluie.

Lorsque Tango Massaï parvint à Kibara, le vieux laibon était assis sur son tronc d'arbre, à se chauffer au soleil. Quand il le vit arriver, son visage s'illumina d'un sourire :

– Je t'attendais, Tango Massaï. J'ai fait cette nuit un rêve qui m'annonçait ta venue.

Les deux hommes se regardèrent un instant, sans rien dire, conscients qu'il était inutile d'en dire davantage. Le vieux laibon détenait des pouvoirs secrets que Tango ne mettait pas en doute.

– Mon père est mort.

Makondo, loin d'être étonné, lui répondit avec douceur :

– Je le savais aussi.

Makondo porta la main à son front pour se protéger du soleil et regarda le jeune homme. Puis, tout en s'appuyant sur son bâton de pèlerin, il se leva, s'approcha de Tango, posa sa main droite sur son épaule, comme il l'avait fait la première fois qu'ils s'étaient rencontrés, et lui confia :

– Désormais, tu demeures sous ma protection. Bienvenue chez moi. Tu peux rester ici le temps que tu voudras.

Les jours suivants, Tango Massaï demeura chez Makondo. Le vieux laibon le présenta aux siens, en particulier à son fils aîné, Sangani, dont il devint très vite le meilleur ami. Tango Massaï comprit alors qu'il avait devant ses yeux la famille qui lui faisait désormais défaut.

La plus jeune des filles de Makondo avait à peine quinze ans. Lorsque Tango Massaï la remarqua pour la première fois, elle dansait. C'était à l'occasion d'une fête de circoncision, et elle évoluait au milieu d'un groupe de jeunes filles, en tenue d'apparat. C'était en fin d'après-midi, à l'heure où le soleil devient moins violent, où la fraîcheur s'installe et permet à tous de sortir enfin des cases... À moins que ce ne fût le soir, à la tombée de la nuit, quand la lune se lève et que la musique des tambours monte lentement vers le ciel comme une mélopée. Il ne savait plus. Ce dont il se souvenait avec exactitude, c'était de l'avoir vue, elle, femme entre les femmes, grande, mince, belle, souriante, et qu'il avait aussitôt été subjugué par sa présence.

Au cours de la fête, qui dura plusieurs jours, les hommes s'enivrèrent de bière au miel, s'aspergèrent de sang de taureau et défilèrent solennellement à l'ombre des acacias. Tango, en tant que frère de sang de Sangani, put lui aussi participer à la cérémonie rituelle. Lors du combat avec le taureau d'honneur, il fut le premier guerrier à saisir l'animal par les cornes et à le faire tomber à terre.

Meeyu, qui avait remarqué les regards du jeune homme, se sentit succomber elle aussi à son charme. Mais, par timidité, par crainte ou simplement par pudeur, elle n'osa lui adresser la parole.

Le soir, belle et radieuse, Meeyu quitta la fête sans un signe. Au côté de Makondo occupé à festoyer, Tango contempla longuement la silhouette fine qui s'éloignait de la place bordée d'acacias et rejoignait sa case à petits pas, avec la grâce d'une danseuse évoluant sur un fil.

Durant le reste de la nuit, cette image le poursuivit.

Quelques jours plus tard, Tango eut une entrevue particulière avec Makondo. Le vieux sage, toujours impassible, était assis sur son tronc d'arbre, plongé dans ses pensées.

– Makondo, je voulais vous demander une faveur.

Le vieux laibon tendit la main pour l'interrompre, réfléchit un instant et annonça d'une voix enjouée :

– Tu veux épouser Meeyu, c'est ça ?

Tango en resta sans voix.

– C'est exactement ça... Vous avez deviné.

– Je n'ai pas deviné. C'est un rêve qui me l'a appris.

Tango se tut. Il savait que cet homme recevait les clés du destin dans ses songes.

– Alors, qu'en dites-vous ? Êtes-vous d'accord pour que j'épouse Meeyu ?

Makondo se tourna vers lui et répondit d'une voix chaude :

– Non seulement je suis d'accord, mais je sais que Meeyu l'est également.

– Grâce à un rêve ?

Cette fois Makondo ne put contenir son rire qui résonna dans l'air avant d'être emporté par le vent.

– Non. Les rêves ne dévoilent pas tous les secrets. C'est Meeyu elle-même qui l'a confié à sa mère. Et ma femme a fini par me l'avouer.

Découvrant le visage radieux de Tango, Makondo ajouta :

– Je pense donc qu'une telle union est une bonne chose. Pourquoi ne pas rester une semaine de plus et célébrer les noces ici même, à Kibara ?

Une semaine plus tard eut lieu le mariage de Tango Massaï et Meeyu, lors d'une cérémonie grandiose qui rassembla toute la tribu de Makondo dans le village de Kibara. L'annonce d'une telle noce, dont les échos, lancés la veille par les crieurs publics, le son des tambours et le chant des pleureuses, conviant à se mettre en marche vers la fête, se répercutèrent dans toute la plaine du Serengeti jusqu'aux contreforts des montagnes, pénétrèrent les villes intérieures, traversèrent la brousse et le désert, résonnèrent sur les lacs et les collines, franchirent les frontières du pays, glissèrent sur les eaux limpides du lac Victoria et se perdirent à jamais dans les forêts profondes de l'Afrique noire.

Le matin de la cérémonie, Meeyu, entourée de femmes qui lui rasèrent le crâne, parèrent son cou et ses poignets de perles multicolores et la vêtirent d'une cape de cuir perlée, attendit, sagement assise dans la case de ses parents, la venue de Tango Massaï.

Le corps tout entier recouvert d'ocre et de diatomite, la jeune femme fit son apparition au milieu de la foule et, précédée d'un cortège d'enfants occupés à balayer le chemin pour en éloigner les cailloux et les brindilles, elle s'en alla rejoindre son futur mari. On répandit de la bière au miel sur son passage en signe de bénédiction.

Après une procession rituelle au cœur du village, la cérémonie religieuse se déroula à l'ombre des acacias. Enfin, après les engagements solennels, ils rejoignirent la hutte familiale où Makondo et sa femme Neipende les accueillirent à bras ouverts. Tango offrit alors à Meeyu une magnifique tanzanite que la jeune femme reçut avec un large sourire. Enfin, les invités purent entrer à leur tour, et dans l'allégresse félicitèrent les jeunes mariés.

La noce aurait été belle si toutefois elle n'avait été interrompue par un événement qui marqua la fin de la fête et plongea Tango dans le réel le plus tangible et le plus douloureux.

Alors que les mariés et leurs invités festoyaient devant la hutte de Makondo, deux officiers britanniques en uniforme se présentèrent, coiffés du casque colonial et armés de fusils. L'un d'eux, sans doute le chef de mission, claqua des talons et annonça d'une voix glacée :

– Pardonnez notre intrusion. Nous sommes à la recherche du dénommé Tango Ferrer.

Tango Massaï sentit comme la lame aiguisée d'un poignard glisser entre ses omoplates. Il se redressa, regarda Meeyu, finit par se lever et répondit d'une voix blanche :

– C'est moi. Que me voulez-vous ?

Le soldat le salua en portant la main à sa tempe et débita d'une voix monocorde :

– Par ordre de Sa Majesté et du commandant de la place de Dodoma, Sir Horace Welton, je vous informe qu'à partir de ce jour vous devez effectuer votre service militaire, comme le veut la loi de ce pays.

Un murmure parcourut l'assistance. Le soldat, indifférent au trouble qu'il provoquait, ajouta d'un ton moins solennel :

– Cela fait quinze jours que nous vous suivons à la trace, monsieur Ferrer. D'abord à Arusha. Et maintenant à Kibara. Vous pouvez vous vanter de nous avoir fait courir.

Sans attendre de réponse, il sortit une lettre de la poche de sa veste et la lui tendit.

– Votre ordre d'incorporation dans l'armée du Tanganyika.

Tango sentit tout à coup la colère sourdre en lui.

– Qui êtes-vous pour me dire ce que je dois

faire ? Et de quel droit venez-vous troubler cette noce ?

– Nous ne faisons que notre devoir, nous exécutons les ordres, monsieur. Maintenant, veuillez nous suivre, s'il vous plaît.

Le soldat allait s'approcher de Tango et le saisir aux épaules lorsque Sangani, le frère de Meeyu, bondit sur lui et le renversa à terre, les deux mains autour de sa gorge. Un concert de cris s'éleva alors de la foule des convives. Le second officier allait se saisir de son arme lorsque Tango posa sa main sur l'épaule de Sangani, le forçant à relâcher son étreinte.

– Il est inutile de résister. Je dois partir, dit-il.

Le guerrier massaï finit par obéir, à regret, et recula. Le soldat se releva, épousseta son uniforme du revers de la main, et jeta à Sangani un regard de haine.

– Votre ami sera puni, je le crains, pour ce que vous venez de faire.

Puis se tournant vers Tango :

– Décidément, vous commencez bien mal votre service sous les drapeaux !

VI

Trois jours plus tard, Tango Massaï rejoignait la garnison de Dodoma.

La transition fut rude entre la douceur de vivre de Kibara et la discipline stricte de Dodoma où, sur ordre des instances militaires, il devait faire ses classes en tant qu'élève-officier.

Dodoma, la seconde ville du pays, située à égale distance de Tabora et de Dar es-Salaam, au sud des réserves massaï, était assez impersonnelle pour que Tango se mette à la détester dès la première seconde où il se retrouva emprisonné à l'intérieur de ses murs. Loin de Makondo, de Sangani et de Meeyu, loin de la mine d'Arusha. Loin de ce qui était sa vie et de celle qu'il aimait. Au cœur de Dodoma, la ville maudite.

C'est là, dès le jour de son arrivée, qu'il rencontra le major Welton, l'officier britannique qui commandait la garnison de la ville, et à qui il devait le malheur de son incorporation et la manière si hostile dont elle s'était déroulée.

Le major était un officier d'un autre temps. Arborant de fines moustaches qu'il lissait constamment, l'air aussi sévère que possible, il était d'un caractère trempé dans l'acier le plus résistant et tenait dans sa main droite une cravache dont il n'hésitait pas à se servir pour ponctuer ses ordres. Il lui fallut moins d'une année pour parvenir à se faire détester de l'ensemble de la garnison. Et moins d'une heure pour se faire un ennemi mortel de celui qu'il considérerait plus tard comme le plus insoumis de tous : Tango Massaï.

Lorsqu'il le reçut pour la première fois dans son bureau, le major fut intrigué par le personnage et comprit aussitôt qu'il allait lui donner bien du fil à retordre.

C'était pendant la saison sèche. Aux alentours de Dodoma, la terre ressemblait à un paysage lunaire. Pas un souffle de vent, si ce n'était celui qu'apportait le désert, qui vous desséchait la gorge et avait le pouvoir de rendre fou, disait-on, ceux qu'il tourmentait et entraînait dans ses spirales infernales. La fraîcheur des nuits était toute relative car, dès l'aube, le soleil écrasait de nouveau la ville, donnant l'impression constante de vivre à l'intérieur d'un volcan en fusion – chaleur qui durait jusqu'au soir, bien après le crépuscule, et s'attardait une bonne partie de la nuit. Ce climat rendu insalubre par la présence de moustiques et de toutes sortes d'insectes avait anéanti le courage des hommes. Leur sommeil était agité, leur soif inextinguible et leur ardeur réduite à l'état d'une peau de chagrin. N'étaient les énormes ventilateurs qui tournoyaient sans cesse dans les bâtiments de l'armée britannique, aucun soldat n'eût pu trouver le repos. Or, c'est par une de ces journées les plus chaudes qu'eut lieu la première entrevue entre le major Welton et l'élève-officier.

En entrant dans le bureau, épuisé par le voyage et les longues minutes d'attente dans la cour intérieure sous un soleil de plomb, Tango s'apprêtait à s'asseoir, lorsqu'une voix haut perchée le fit sursauter :

– Restez debout ! Et au garde-à-vous !

Il s'exécuta sans broncher, malgré la fatigue, et attendit en silence que l'inspection commence. Face à lui, confortablement calé dans son siège, le major le jaugeait du regard. Après l'avoir étudié sous toutes les coutures, il lui ordonna, les lèvres pincées :

– Veuillez, je vous prie, décliner votre identité.

Toujours stoïque malgré la chaleur écrasante, Tango répondit d'une voix lasse :

– Mon nom est Tango Massaï. Du moins, c'est comme ça qu'on m'a toujours appelé.

Le regard courroucé du major, suivi d'un long soupir, entérina les propos de la nouvelle recrue.

– Contentez-vous de répondre à mes questions sans fioritures. Vous êtes dans l'armée britannique. Pas dans un salon. Et on dit « major » en s'adressant à moi.

Le major s'empressa de répéter, comme s'il s'agissait d'une litanie.

– Votre identité ?

Cette fois, l'élève-officier fut plus concis :

– Tango Ferrer, major.

– Il s'agit donc de votre véritable patronyme ?

– Oui..., major.

– Lieu de naissance ?

– Je n'en ai pas.

Le major fit siffler sa cravache dans l'air.

– Vous vous fichez de moi ?

– Non, major.

– Lieu de naissance ?

Tango eut un long soupir, puis répondit, un soupçon d'ironie dans la voix :

– Très bien. Si vous voulez tout savoir, je suis né en mer, un jour de tempête et de grand vent, au large de l'île de Zanzibar. Donc, mon lieu de naissance est approximativement à 41° de longitude est et 6° de latitude sud. Cela vous suffit-il..., major ?

Welton leva sur lui ses yeux glacés. Cet homme mentait effrontément, cela était évident.

– Vous devez avoir un acte de naissance, un papier officiel qui confirme cela ?

– Non, major. Je n'ai pas l'habitude de traîner avec moi ce genre de paperasses. Cela serait trop encombrant.

Welton, cette fois, se laissa emporter.

– Taisez-vous ! Je n'aime pas votre ton insolent.

Puis il reprit son stylo et entreprit de noter ces informations singulières sur le cahier posé devant lui.

– ... Au large de l'île de Zanzibar. Très bien. Ensuite, où avez-vous vécu ?

– Un peu partout...

– Soyez plus précis.

– J'ai passé mon enfance et mon adolescence à suivre mon père dans ses voyages. France, Espagne, Portugal, Italie, Grèce, Congo, Cameroun, Nigeria, Afrique du Sud, Zanzibar, et enfin le Tanganyika où je suis toujours resté.

– Je ne vous demande pas de détails. Contentez-vous de me dire où vous étiez domicilié avant de rallier l'armée.

– J'étais à Arusha, major. Au cœur des mines de tanzanite.

– Les mines de tanzanite ? En plein territoire massaï ?

– Oui, major.

– Qu'est-ce que vous fichiez là-bas ?

Un long silence, à peine perturbé par le bruit des pales du ventilateur qui tournoyaient en continu.

– Je tentais de survivre en extrayant chaque jour les pierres précieuses d'une petite exploitation minière.

Cette fois l'officier ne put cacher son étonnement.

– Chercheur de pierres précieuses ? Mais diable, pourquoi donc avoir choisi un tel métier ?

– Mon père était géologue, major.

– Quant à votre mère ?

– Elle accompagnait mon père dans ses voyages. Elle a toujours eu un faible pour les aventuriers et les pierres précieuses.

Welton haussa les sourcils et préféra s'abstenir de tout commentaire. Il ouvrit le dossier posé devant lui, lut quelques lignes puis redressa la tête.

– Je vois ici, selon le rapport des deux officiers qui ont procédé à votre interpellation, que vous avez essayé de vous révolter. Vous avez même, paraît-il, saisi l'un de mes officiers à la gorge et tenté de l'étrangler. Est-ce exact ?

Tango Massaï, comprenant que les deux soldats tentaient de le rendre responsable de la rixe, jugea bon de nuancer.

– C'est faux. Je me suis au contraire interposé entre ce soldat et l'homme qui, ivre de colère, a voulu lui faire rendre gorge.

– Vous rendez-vous compte de la gravité de son geste ?

– Il possède des circonstances atténuantes. C'est un guerrier et, pour lui, il s'agissait d'une question d'honneur. Interrompre une noce est un acte sacrilège.

Le major ne put réprimer un sourire.

– Nous sommes tous des guerriers, mais si nous ne nous respectons pas au sein même de notre armée, comment respecter un ennemi ?

– Pour les Massaï, les Britanniques sont et demeureront à jamais des ennemis, major.

Le major encaissa sans broncher.

– Vous avez reçu votre ordre d'incorporation immédiate à Arusha. Or, vous n'y avez pas répondu. J'ai dû envoyer mes hommes vous chercher, comme il se doit en pareil cas. Estimez-vous heureux de n'être pas en geôle, à l'heure qu'il est.

– Cet ordre d'incorporation, je n'en ai jamais eu connaissance. Et contrairement à ce que vous semblez penser, je n'ai jamais cherché à me soustraire à mon devoir militaire. Mais je me demande si je n'aurais pas mieux fait de m'y employer. Je serais libre, à l'heure qu'il est.

Cette fois, Welton jugea que cet homme représentait un cruel antagonisme : s'il possédait la force de caractère propre à faire de lui un soldat exemplaire, plein d'ardeur et de courage, son besoin forcené d'indépendance, en revanche, ne convenait pas tout à fait à l'esprit de l'armée. Restait à savoir quelle face de sa personnalité l'emporterait sur l'autre. Et, pour cela, il fallait lui donner à la fois une chance et une bonne leçon. D'un geste, il balaya sa dernière remarque.

– Très bien. N'en parlons plus. Je vous incorpore dans ma garnison et je passe l'éponge sur ce regrettable incident en ne donnant aucune suite à cette plainte. Mais je vous aurai à l'œil. Je veux vous voir à l'œuvre. Vous pouvez disposer.

L'élève-officier salua et s'apprêta à quitter le bureau. Il allait passer le seuil lorsque la voix du major se fit entendre :

– Soldat !

– Major ?

– Pour que vous ne soyez pas tenté de prendre le large, je me vois contraint de vous refuser toutes les permissions jusqu'à la fin de votre incorporation.

Tango grimaça, mais ne dit rien. Il payait son esprit d'indépendance au prix fort. Une année entière sans voir les siens. Sans voir Meeyu. Son cœur se serra, mais il n'en laissa rien paraître.

– Autre chose, soldat.

– Je vous écoute, major.

Il y eut un silence pendant lequel Welton lissa longuement ses moustaches.

– Le commerce des tanzanites dans la région d'Arusha n'est-il pas réservé exclusivement aux Massaï ?

– En effet, major.

Welton, n'osant comprendre, s'éclaircit la voix.

– Ce qui veut dire ?
– Que je suis un Massaï, major.

Par la suite, les rares entretiens qu'eurent ensemble l'élève-officier et le major furent du même acabit. Welton ne parvint jamais à se convaincre de la véracité du récit de cet homme hors normes. Tout lui semblait vrai et faux à la fois, comme si la trame de son histoire était tissée de fils de mensonge et de vérité entrelacés les uns aux autres, de nœuds gordiens inextricables destinés à forger une légende et à perdre son auditeur dans les méandres de son passé.

Comme il l'avait déclaré, Tango était bien un Massaï, un de ces redoutables guerriers du nord du Tanganyika avec qui le major avait eu maille à partir de nombreuses fois. Il avait eu confirmation que cet homme avait vécu parmi eux de longues années, appris leur langue et subi leurs rites d'initiation. Pourtant, ce qui troublait le major, c'était que cet homme, hormis son nom, n'avait rien d'un Massaï.

À la pâleur extrême de sa peau et à ses yeux

clairs, on pouvait affirmer qu'il était d'origine européenne, bien que personne n'aurait pu prétendre avec certitude quel sang coulait dans ses veines.

L'homme, outre le swahili, s'exprimait assez correctement en anglais, mais savait également parler italien, espagnol, français, et connaissait même, chose plus étonnante encore, des bribes de datog et de bantou.

Au cours de l'année où Tango Massaï resta sous ses ordres, le major n'en apprit guère plus. Désireux pourtant de savoir qui il était vraiment, il ne relâcha jamais la pression qu'il exerçait sur lui.

Un jour, alors que les deux hommes s'étaient retrouvés seuls, dans la cour intérieure du bâtiment qui abritait la garnison, il avait saisi l'occasion, et s'était rapproché de l'élève-officier.

– Tango.

– Oui, major ?

– Pourquoi portez-vous le nom d'une danse ?

Tout en disant cela, le major Welton lissait de ses doigts nerveux les moustaches qu'il portait très fines et dont il soignait la coupe chaque matin à l'aide de ciseaux en argent. Il semblait prendre plaisir à évoquer cette danse, comme si elle lui rappelait quelques lointains souvenirs chargés d'émotion.

– Vos parents ont vécu en Argentine ? A Buenos Aires, peut-être ?

– Non, major. Pas à ma connaissance.

– Mais alors pourquoi avoir choisi ce prénom ? Tango, c'est sud-américain.

– Je ne crois pas, major.

– Vous ne croyez pas quoi ?

– Que le tango soit sud-américain.

– Et pourquoi cela ?

– En vérité, cette danse vient d'Afrique.

– Le tango ? Africain ?

– Oui, major. Le tango est inspiré d'une danse que les Yorubas pratiquent depuis des générations. Dans leur langue, elle s'appelle Xango, qui est un de leurs dieux. Lorsque les premiers esclaves yorubas sont arrivés en Argentine, ils ont imposé cette danse qui, très vite, est devenue une référence nationale. De Xango, elle est devenue tango. Et voilà comment on explique l'origine d'un mythe.

– Comment savez-vous cela ?

– Mon père a vécu un temps chez les Yorubas, en Afrique occidentale, avant de venir au Tanganyika. D'où l'origine de mon nom.

Un silence.

– Tango pour l'ouest et Massaï pour l'est. Vous voyez, major, même lorsqu'il s'agit de savoir d'où je viens, on ne sort jamais des ténèbres africaines.

Welton le regarda d'un œil mauvais, comme si, une fois de plus, il ne croyait pas un traître mot de ce qu'il venait d'entendre.

– Tango, ce n'est pas un prénom. C'est une foutue danse. Pas un prénom, bordel.

– Pour moi, c'est le nom que mon père a choisi, major. Et cela vaut qu'on le respecte. Maintenant, je dois vous laisser, mon bataillon m'attend.

Aussi sèchement qu'il avait interrompu la conversation, Tango salua en faisant claquer ses talons et disparut de l'autre côté de la cour sans se retourner.

Welton comprit ce jour-là qu'il serait inutile de le questionner. Cet homme secret ne se dévoilerait jamais et, plus grave, il demeurerait rétif à toute discipline.

Trois mois avant de recouvrer la liberté, alors qu'il avait fini par s'habituer à la vie militaire de Dodoma, Tango Massaï reçut une missive qui lui annonçait deux choses : la première qu'il montait en grade. La seconde qu'il était nommé en poste à Tabora.

Étonné, il demanda aussitôt audience au major. Ce dernier le reçut dès le lendemain.

Il faisait une telle chaleur que les tempes grisonnantes de Welton étaient recouvertes de gouttelettes de sueur, qui réapparaissaient aussitôt qu'il les avait épongées avec son mouchoir.

– Que puis-je pour vous ? demanda-t-il d'un ton narquois.

– M'expliquer la raison de ceci, major.

Tango lui présenta la lettre écrite et signée de sa main. Welton eut alors un large sourire et répondit d'un ton condescendant :

– Ah oui, votre promotion. Vous en êtes heureux, j'espère ?

Le visage de l'officier resta de marbre.

– Pourquoi Tabora ?

– Le sultan de Tabora, avec qui la couronne britannique est liée, me demande expressément de lui envoyer un officier de valeur pour former ses troupes et assurer sa sécurité. J'ai tout de suite pensé à vous.

Tango attendit prudemment la suite.

– Vous comprenez j'espère, reprit le major, s'efforçant de dissiper le malaise qui s'installait entre eux, que pour vous une telle chance ne se représentera pas deux fois.

– Justement, je préférerais refuser cette promotion, major.

Welton, ahuri par l'aplomb de son interlocuteur, se rejeta en arrière dans son siège, et porta la main à son col qui soudain l'étranglait.

– Refuser... une... promotion ?

– Oui, major. Sans vous offenser.

Welton, cette fois, semblait à deux doigts de l'apoplexie.

– Ainsi donc, vous persistez à discuter mes ordres ? lança-t-il d'un ton furieux.

Puis il se leva d'un bond et, pointant le doigt sur l'officier, déclara d'un ton sans appel :

– Savez-vous que cette rébellion est passible de la cour martiale ?

Tango, ennuyé par la tournure que prenait l'entretien, tenta une dernière fois de se justifier.

– Je le sais, major. Mais si je pouvais choisir...

– Choisir ? Qu'espériez-vous ? Que je vous nomme à Dar es-Salaam, au quartier des généraux ? Ou que je vous envoie à Londres, au service de Sa Majesté, afin que vous lui serviez de porte-étendard ?

– Non, bien entendu, major. Mais Arusha aurait mieux convenu à mes aptitudes. C'est une région que je connais bien et, pour les quelques mois qu'il me reste à servir sous les drapeaux...

– Assez ! hurla Welton, l'écume aux lèvres. Voilà presque un an que vous m'empoisonnez la vie. Un an que vous n'en faites qu'à votre tête.

Jugeant tout à coup que la colère n'y changeait rien, le major se calma comme par miracle et, reprenant son souffle, continua d'une voix douce, presque affectueuse :

– Le plus malheureux, c'est que, d'un point de vue strictement militaire, vous êtes un excellent élément. Vous exécutez les missions les plus périlleuses et savez mener les hommes comme personne. C'est d'ailleurs la raison pour laquelle je vous ai choisi pour remplir celle-ci.

Tango écoutait sans broncher. Il savait qu'après le calme viendrait la tempête.

Il n'eut pas à attendre longtemps.

Le major frappa du poing sur le bureau et rugit de nouveau comme un lion :

– Mais vous êtes également la bourrique la plus têtue que j'aie jamais rencontrée ! Sans cesse à discuter mes ordres ! Sans cesse à me contrecarrer ! C'est absolument intolérable !

Puis il se calma peu à peu, s'épongea le front et, las, se laissa tomber dans son fauteuil.

– Ce sera Tabora ou la cour martiale. Que choisissez-vous ?

Un long silence.

– Je vais réfléchir.

Cette fois, le visage du major devint si congestionné qu'il sembla sur le point d'exploser.

– Votre réponse ! Et vite ! sinon je vous promets l'enfer pour vos vingt prochaines années sur Terre !

Presque à regret, Tango s'inclina et dit :

– Puisque vous ne me laissez pas le choix, major, ce sera donc Tabora.

Welton émit un long soupir d'épuisement. Se saisissant d'une plume, il griffonna quelques lignes sur un feuillet.

– Très bien. J'informe dès aujourd'hui le sultan Sayid al Saada de votre décision et lui indique que vous prendrez vos fonctions dès la semaine prochaine.

Il signa la missive, soudain de charmante humeur, agita la lettre pour en faire sécher l'encre, puis ajouta avec un sourire satisfait :

– Vous avez une heure pour faire votre paquetage et vos adieux à vos compagnons d'armes. Dès ce soir, je veux que vous ayez quitté la ville. Dodoma n'a plus besoin de vous. Je me passerai dorénavant de vos services.

VII

IV

C'est ainsi que Tango Massaï quitta Dodoma, la ville maudite qu'il ne devait jamais plus revoir de sa vie.

Il prit la route de l'ouest, traversa les étendues marécageuses de Bahi, l'escarpement de la rift Valley, et s'élança à travers la brousse.

C'est en plein midi, aux heures les plus chaudes, et après deux jours de cheval qu'il parvint enfin à Tabora.

Il franchit la porte de jade et pénétra jusqu'au cœur de la cité, parmi les caravanes des marchands, les commerçants, les mendiants et les chiens. Au premier abord, la ville lui parut étrange et inquiétante. Elle était sale et bruyante, des odeurs pestilentielles émanaient de ses ruelles sombres engorgées de détritus ; des bruits assourdissants s'élevaient de toutes parts et montaient vers le ciel. Il avançait, seul au milieu de cette rumeur et de ce bouquet d'effluves malodorants sans comprendre dans quel monde il venait d'entrer. Pourtant, malgré cela, Tabora l'attirait. Derrière la pestilence, derrière ce vacarme, il y avait une grâce, une âme qui conféraient à la cité une sorte d'aura. Pour la première fois, lui qui avait toujours vécu en territoire massaï, au milieu de la nature, se sentit fasciné par cette ville aux murs de pierre au point de la trouver aussi belle qu'une montagne, un lac ou une colline.

C'était jour de marché. Sur la place de la Fontaine aux éléphants, des marchands arabes et swahili avaient installé leurs étals et vendaient leurs marchandises à grand renfort de cris et de gestes.

Tango avança jusqu'au centre de la place, descendit de sa monture dont il noua les rênes à un anneau de fer de la fontaine, puis s'approcha lentement du palais. Un garde, en sentinelle devant l'escalier de pierre, l'interpella :

– Qui êtes-vous ? Que voulez-vous ?

– Mon nom est Tango Massaï. Je suis envoyé sur ordre du major Welton et je viens demander une audience au sultan Sayid al Saada.

Il tendit le document que le major lui avait remis et attendit. Le garde qui, sans doute, savait à peine lire, se saisit du document et en déchiffra longuement les caractères. Le cachet officiel de l'armée britannique, ainsi que la signature en volutes du major lui apportèrent la preuve que cet ordre était authentique. Acquiesçant d'un signe de tête, il répondit :

– Le sultan est prévenu de votre arrivée. Il vous attend au premier étage du palais.

Quelques instants plus tard, en effet, Sayid al Saada le recevait dans la salle du conseil. Le sultan le fit asseoir face à son bureau et le toisa longuement avant de prendre la parole. Cet homme vêtu de son uniforme noir, qu'il voyait pour la première fois, et qui semblait sortir d'une Afrique ancestrale, lui faisait forte impression.

– Ainsi, vous êtes l'homme que m'envoie Welton pour commander et diriger mes troupes ?

– J'ai cet honneur et ce privilège, Votre Excellence.

– Savez-vous pourquoi il vous a nommé ici ?

– Pour protéger Tabora, je présume.

Le sultan se mit à rire.

– Non. Tabora n'a besoin d'aucune protection. Cela fait un siècle que la paix règne en nos contrées et que nous tenons nos ennemis à distance. Nos seules craintes sont les échauffourées et les vols que les richesses des marchands qui traversent la ville quotidiennement ne manquent pas de susciter.

– Dans ce cas, pourquoi avoir fait appel à moi ?

Sayid al Saada fronça ses yeux noirs et ajouta :

– Sachez qu'un traité d'alliance signé avec les Britanniques me contraint à accepter de partager le commandement de la ville avec un officier désigné par le major Welton. Votre prédécesseur ayant succombé à la dysenterie, il m'a bien fallu réclamer un remplaçant. Mais, par Allah, je peux vous jurer que, si j'avais le choix, je n'aurais jamais fait appel à vous.

Tango Massaï se tassa instinctivement sur lui-même.

– Dans ce cas, je comprends. Il s'agit en quelque sorte d'un exil. Le major nomme ici les officiers dont il désire se débarrasser.

– Je vois que vous comprenez parfaitement la situation. Vous ne serez donc pas étonné si je vous dis que, de votre autorité sur mes soldats, dépendra la durée de votre séjour ici. À ce propos, savez-vous mener les hommes ?

– Je possède une certaine expérience en la matière.

Le sultan porta sa main à sa barbe, produisant le cliquetis des perles dont ses poignets étaient ornés.

– Je n'en doute pas. Vous aurez donc cinquante hommes sous vos ordres. Mais, pour le reste, n'oubliez jamais que vous demeurerez toujours sous les miens.

Le sultan frappa dans ses mains et annonça d'une voix claire :

– Voici Tariq, mon premier conseiller, celui avec qui vous partagerez le commandement militaire de la ville.

Un vieillard sortit soudain de l'ombre et se présenta à eux. Il était de petite taille, avait les yeux noirs et la peau sombre.

– Tariq, je te présente l'officier que nous envoie le major Welton.

Le vieillard qui, de sa cachette, avait tout entendu, courba l'échine face à son maître et fit de même lorsque son regard croisa celui de l'étranger. D'une voix fausse, il claironna :

– Bienvenue à toi, Tango Massaï. Bienvenue à Tabora.

Puis, fuyant le regard de son interlocuteur, il salua encore trois fois en se pliant en deux comme un pantin désarticulé.

Tango Massaï comprit alors, au vu de ce déploiement de fourberie, qu'il lui faudrait dorénavant se méfier de tout.

Comme on pouvait s'y attendre, les relations entre Tariq et Tango Massaï se détériorèrent à la vitesse d'un cheval au galop. Dès les premiers jours de son arrivée, le nouveau chef de la garnison de Tabora put mesurer toute l'ampleur du cataclysme que sa venue n'avait pas manqué de provoquer dans le système politique instauré par le conseiller. Chaque fois que les deux hommes se trouvèrent en présence l'un de l'autre, on sentait un vent d'inimitié souffler alentour. Malgré leur égalité hiérarchique, et bien que l'officier s'efforçât de demeurer respectueux envers le vieillard, il était indéniable que Tango Massaï représentait pour Tariq le petit caillou dans la chaussure, le scrupulum qui l'empêchait de marcher.

Chaque matin, dès l'aube, Tariq lui rendait visite, afin d'établir avec lui la feuille de route de la journée. Très vite, le comportement de Tango changea. Il refusa de se soumettre à certains ordres du sultan. Qu'il s'agît de manœuvres, de gardes ou de contrôles à effectuer, il semblait toujours trouver à redire, critiquant les décisions de Sayid al Saada, qu'il jugeait souvent infondées. Tariq considérait qu'un militaire devait obéir en tout point à ses supérieurs sans se poser de question, et n'acceptait plus qu'à grand-peine ses remarques.

Comme les deux parties devaient s'y attendre, un beau jour, un incident éclata lorsque le conseiller demanda à l'officier d'aller contrôler les marchands d'ivoire qui venaient d'installer leur étal au marché. Tango Massaï, pour une fois, le prit de haut. Assis derrière son bureau, dans la salle d'armes qui jouxtait le palais, occupé à lustrer la lame de son épée, il choisit de désobéir.

– En quoi cela me concerne-t-il ? demanda-t-il soudain, sans prendre la peine de se mettre au garde-à-vous.

Tariq, qui se tenait debout devant lui, crut avoir mal entendu. D'habitude, l'officier se contentait de le toiser un instant, mais il avait toujours fini par s'exécuter.

– Qu'as-tu dit ?

– En quoi cela me concerne-t-il ? Les marchands d'ivoire vont au marché pour vendre de l'ivoire, que je sache, pas pour se battre ou pour créer une émeute. Pourquoi donc irais-je là-bas ?

Le conseiller s'approcha de l'officier et répondit d'une voix étranglée :

– Mais pour savoir s'ils ont payé la taxe. Et, sinon, la leur réclamer. Tabora a besoin d'argent, ne serait-ce que pour assurer sa défense. Tu le sais pertinemment.

Loin d'acquiescer, Tango prit le temps – de longues secondes – d'inspecter l'éclat de sa lame, en éprouva le tranchant du bout du doigt et, rassuré, posa enfin l'arme sur son bureau. Après quoi il leva les yeux vers le conseiller.

– N'est-ce pas plutôt pour payer les fastes du palais ? Dans ce cas, allez-y vous-même. J'ai mieux à faire ici.

Tariq, incrédule, lança un regard noir à Tango Massaï.

– Par Allah, tu me fais l'affront de discuter les ordres du sultan ?

– Je ne suis pas à Tabora pour contrôler quelques marchands d'ivoire, mais pour assurer la sécurité de cette ville. Si ces marchands se rebellent et troublent l'ordre public, j'interviendrai. Dans le cas contraire, je ne bougerai pas d'ici. Je ne suis pas là pour récolter les taxes, mais pour faire régner la paix.

Tariq serra si fort les poings que ses phalanges devinrent blanches comme de la neige.

– Très bien. Tu viens de signer ta perte... et je peux te jurer au nom d'Allah qu'à la prochaine incartade, Sayid al Saada saura te punir pour ton audace.

Tango, toujours impassible, tenta de masquer sa déception. Lui qui avait agi par provocation regrettait que le sultan n'en fût pas informé. Désireux de retrouver Meeyu et les siens, il aurait accueilli avec joie son renvoi de l'armée pour insoumission. Mais Tariq, cet esprit rusé, l'avait subodoré et ne voulait pas lui procurer ce plaisir. Avant de se débarrasser de lui à jamais, le vieillard voulait le voir plier comme un roseau et lui donner une bonne leçon.

– À la prochaine incartade, tu regretteras amèrement d'avoir osé t'opposer à moi !

Puis, fulminant de rage, Tariq fit volte-face et quitta la salle d'armes sans un mot de plus.

Ce jour-là, les deux hommes étaient devenus à jamais ennemis et n'auraient plus de repos avant que l'un ait causé la perte de l'autre.

Pour Tariq, cette occasion vint plus vite qu'il ne l'avait escompté, lorsque, quelques jours plus tard, Tabora fut confrontée à un soulèvement populaire.

Ce soulèvement, dû à la famine, était la conséquence de deux phénomènes catastrophiques pour l'agriculture : le premier étant la sécheresse épouvantable qui sévissait depuis trois mois, une sécheresse telle qu'elle n'avait accordé à la terre que le dixième des précipitations annuelles auxquelles on pouvait s'attendre. Le second, la peste bovine, avait frappé de plein fouet les paysans et exterminé de nombreux troupeaux. Forts de ces deux calamités qui faisaient de Tabora une ville tombée soudain en disgrâce, les habitants – pour la plupart des Swahili – allèrent se plaindre au sultan de ce revers de fortune en sollicitant son aide, sa magnanimité et une infime part de ses richesses.

L'occasion pour Tariq de mettre à l'épreuve Tango Massaï.

Un matin de soleil implacable, alors que la situation n'était plus tenable, le sultan vit déferler devant son palais une foule de paysans, de miséreux, de femmes et d'enfants, qui, pour la plupart, se mouraient de faim. Ces gens, pour la première fois depuis bien longtemps, avaient osé investir Tabora et assiéger le palais. N'ayant plus rien à perdre, ils semblaient résolus à tout pour obtenir justice. Pendant deux heures, ils restèrent sur la place, à scander le nom du sultan et à invoquer sa pitié. Puis, comme personne ne répondait à leur appel, ils se firent plus vindicatifs. Certains d'entre eux, les plus téméraires, commencèrent à se munir de pierres et à les jeter contre la façade du palais en poussant des cris de haine.

– Du pain pour le peuple !

– Mort à l'affameur !

– Mort au tyran !

Sans plus attendre, Sayid al Saada convoqua son conseiller.

– Tariq, il faut intervenir avant que tout cela ne s'envenime. Que proposes-tu ?

Le vieillard, flatté de constater que le sultan était toujours aussi avide de ses conseils, ne se fit pas prier :

– Votre Excellence, vous devez asseoir votre légitimité et user de votre pouvoir. Entendez-vous ces menaces ? Il faut donner l'assaut pour mater cette rébellion indigne de votre politique. Pas de pitié pour une telle engeance. Ces gens-là ne méritent pas d'être vos sujets. Ce sont des bandits, des voleurs et des assassins. Ils n'ont pas leur place au sein de Tabora.

Le sultan écouta le discours de Tariq, sans savoir toutefois s'il fallait le suivre sur ce terrain dangereux. Une pierre, projetée avec violence contre la fenêtre, et qui manqua de peu l'atteindre au visage, le convainquit de lui donner raison.

– Cela suffit. Ordonne donc l'assaut. Et qu'Allah protège les justes !

Aussitôt, Tariq envoya chercher le chef de la garnison. Tango Massaï arriva quelques minutes plus tard dans la salle du conseil, vêtu de son éternel uniforme noir. Ignorant superbement le conseiller, il se tourna vers le sultan et le questionna sur un ton candide :

– Vous m'avez demandé, Votre Excellence ?

– Oui. Prends avec toi tous les hommes que tu es en mesure de rassembler et repousse ces gens hors des murs de Tabora.

L'officier, loin de se démonter, prit le temps de sortir son étui à cigarettes de la poche de sa tunique, en porta une à ses lèvres et rétorqua d'un ton nonchalant :

– C'est Tariq, n'est-ce pas, qui vous a conseillé d'agir ainsi ?

– Tariq ou un autre, peu importe. Cet ordre vient de ma personne et je t'ordonne d'y obéir.

– Ne vous en déplaise, Votre Excellence, mais pour une fois, je ne vous obéirai pas.

Le sultan, comme s'il venait lui-même d'être fouetté au visage, resta sans voix. Ce fut Tariq, ivre de colère, qui prit sa défense :

– Tu oses discuter les ordres du sultan ? Sais-tu que tu pourrais être jeté en prison pour cette offense ?

Sayid al Saada essaya de temporiser :

– Laisse-nous, Tariq. J'ai besoin de m'entretenir seul avec Tango Massaï.

– Mais, Votre Excellence...

– Laisse-nous !

Cette fois le ton était sans appel. Après un bref regard à son ennemi qui jubilait de voir Sayid al Saada s'emporter contre lui, le conseiller choisit d'obéir et s'éclipsa, non sans maugréer.

Les deux hommes se retrouvèrent seuls, face à face.

– Tariq a raison. Je pourrais te mettre aux

arrêts pour insubordination. Comment oses-tu discuter mes ordres ?

– Avant d'en arriver à une telle extrémité, écoutez plutôt ma requête. Vous jugerez ensuite.

– Une requête. Tu as donc une requête à me faire. Laquelle ?

Tango s'approcha du bureau derrière lequel trônait le sultan.

– Je vous demande, sous ma protection, d'aller parler à ces gens et de distribuer à chacun un peu d'argent ou de nourriture. Cela les sauvera de la famine et évitera un bain de sang.

Le sultan manqua de s'étrangler de fureur.

– Tu refuses de donner l'assaut ? Et tu me demandes de leur faire l'aumône, de les prendre par la main et de les renvoyer chez eux, comme si rien ne s'était passé ?

– Oui.

Le sultan, passé soudain de la colère à l'étonnement, ne savait plus que penser.

– Quelle est la raison de cette insoumission ? Parle, je te prie.

Le chef des armées de Tabora contourna le bureau, se rapprocha de la fenêtre et, par les interstices des moucharabiehs, désigna les fauteurs de trouble.

– Voyez ces gens. Un amalgame de ce que la misère et l'indigence offrent de plus pathétique en ce bas monde. Des vieilles femmes aux reins brisés, des hommes rachitiques, des enfants souffreteux. Tout ce que cette région compte de nécessiteux, de mendiants et de pauvres est réuni là, offert à l'indifférence de votre regard. Ces miséreux ne possèdent pas d'armes et ont le ventre vide. Je ne suis pas un assassin. Et tout cela est la suite logique de votre politique.

– Comment cela ?

– Tabora voit chaque jour passer des caravanes entières, emplies de richesses. Je vois aussi, de mon côté, une foule de miséreux, de mendiants qui convoitent cela d'un œil mauvais. Il y a même eu quelques échauffourées à ce sujet et je dois sans cesse intervenir pour empêcher que tout cela ne finisse par s'envenimer. Et aujourd'hui, les voilà sous les fenêtres de votre palais. C'était prévisible. Tabora n'a pas d'ennemi extérieur à craindre, car elle est son propre ennemi.

Sayid al Saada demeura silencieux un instant. Puis :

– Tu veux dire que le danger vient du peuple ?

– Oui, Votre Excellence. C'est désormais une certitude.

– Dans ce cas, je dois considérer ces gens comme mes ennemis. Cette famine est la leur, pas la mienne. Ils n'ont qu'à s'en prendre au ciel et prier pour que la pluie tombe et que la peste et la sécheresse quittent enfin nos territoires. La prière est salvatrice.

– Peut-être, répondit Tango Massaï, peu enclin à croire à de tels miracles, mais les prières ne nourrissent que l'âme et le peuple a faim de pain. Il faut prendre des mesures concrètes.

Il s'avança vers le sultan, se pencha sur lui et lui souffla au visage :

– Soit vous assurez à votre peuple un revenu minimum en instaurant une taxe pour les caravanes de passage à Tabora ; soit vous les recrutez pour venir grossir les rangs de votre armée. Dans les deux cas, cela permettra d'éviter de nombreux conflits et renforcera la sécurité de la ville.

Sayid al Saada, surpris, se mit à réfléchir :

– J'ai déjà instauré un système de taxes, les caravaniers n'accepteraient pas que je les augmente sans les consulter. D'autre part, je ne crois pas que cette foule puisse constituer un réel danger. Il suffirait de donner l'assaut pour les voir s'éparpiller comme poussière dans le vent.

– Je n'en suis pas si certain, Votre Excellence. La constitution d'une véritable armée serait préférable à la bande d'incapables qu'il m'a été donné de voir jusqu'à aujourd'hui. La place d'un sultan est chose enviable, mais parfois éphémère.

Le sultan sentit la colère monter dans ses veines sans qu'il puisse en atténuer l'ardeur. Il se mit à fulminer :

– Tu oses me menacer ?

– Loin de moi cette idée, Votre Excellence, rétorqua Tango Massaï avec une pointe d'ironie, mais il suffirait qu'une armée se présente à vos portes pour que Tabora soit anéantie.

Sayid al Saada, ivre de rage, empoigna soudain le stylet qui se trouvait sur son bureau – un objet qu'il affectionnait tout particulièrement – et se leva de son fauteuil, résolu à frapper.

– Misérable ! Je pourrais te tuer pour avoir proféré de telles paroles ! Comme si Tabora pouvait être anéantie !

Tango ne se démonta pas. Il saisit Sayid al Saada au poignet et le força à lâcher le stylet, qui se brisa au sol.

– Hors de ma vue ! s'époumona le sultan. Je te chasse de la ville sur l'heure et ne veux plus jamais te revoir à Tabora.

Tango Massaï, avec un sourire plein de fiel, répondit :

– Je m'en vais. Mais je reviendrai un jour. Et ce jour-là, je prendrai votre place.

Sans attendre, Tango se hâta vers les écuries du palais. Là, il enfourcha sa monture et, tenant fermement les rênes dans sa main droite, ordonna qu'on lui ouvrît les portes.

– Que comptez-vous faire ? lui demanda un palefrenier.

– Quitter cette ville à la seconde.

– Avez-vous vu la foule au-dehors ?

– Oui.

Le palefrenier le regarda, interloqué.

– Et vous croyez que vous allez réussir à passer ?

– Je n'en sais rien. Mais vous serez bientôt fixé sur mon sort.

Alors, tandis que son cheval piaffait et que les hommes, incrédules, lui offraient le regard de miséricorde qu'on accorde aux gladiateurs avant leur entrée dans l'arène, il eut cette dernière parole :

– Je quitte cette ville, même si, pour cela, je dois mourir face au soleil !

Éperonnant son cheval, il sortit en trombe du bâtiment et surgit sur la place de la Fontaine aux éléphants. Le soleil, presque à son zénith, l'éblouit et lui cacha un temps le nombre et la détermination de la foule qui, scandant le nom du sultan, fut surprise par l'apparition de ce cavalier solitaire. Qui était-il ? Un suicidaire ? Puis certains reconnurent le chef de la garnison de Tabora et, par malheur, crurent qu'il venait les tailler en pièces à coups de sabre.

Voyant venir à lui Tango Massaï, un homme se saisit d'une fourche et, au passage de sa monture, lui en assena un coup violent au flanc droit, ouvrant une large estafilade de l'encolure jusqu'à l'aine. Le cheval se cabra sous la violence de la douleur.

Comprenant alors qu'il n'y avait plus de salut que dans la riposte, Tango Massaï se jeta à corps perdu dans la bataille et trancha dans la foule en frappant au hasard. Ses coups portèrent à plusieurs reprises, semant un vent de panique parmi la foule. Et, tout en se démenant de la sorte, il hurlait à pleins poumons :

– Dieu sait que je ne voulais pas cela ! Dieu sait que je ne le désirais pas !

Par les interstices des moucharabiehs, Sayid al Saada assistait, horrifié, à cette scène macabre.

La dernière image qu'il lui resta dans les yeux fut celle de Tango Massaï, l'écume aux lèvres et les cheveux au vent, se ruant sur dix hommes à la fois, alors que son cheval, dont la robe ruisselait de sang et de sueur, hennissait et se cabrait dans un nuage de poussière rouge.

VIII

Tango Massaï, pourtant, ne mourut pas.

Comme par miracle, il parvint à traverser la place. Si d'aventure un téméraire, désireux de montrer à tous qu'il était capable d'un acte de bravoure, se jetait sur le cavalier en hurlant, la lame de l'épée s'abattait aussitôt sur lui. Et, comme par miracle, là où il aurait dû mourir cent fois, il resta en vie.

Tango Massaï semblait invulnérable, sous la protection d'un dieu qui le préservait du malheur.

Tous les habitants de Tabora se souvinrent de l'image d'un homme en furie, juché sur un cheval au poitrail ensanglanté, et dont les coups d'épée tuèrent dix hommes et en blessèrent plus d'une vingtaine. Malgré l'horreur de la scène, nul ne put jamais oublier de quelle manière le cavalier fendit la foule des manifestants, souleva des gerbes de sable rouge, rejoignit la porte d'ivoire et, dans un dernier galop, quitta Tabora pour ne plus revenir.

Pendant les quatre années suivantes, nul ne revit Tango Massaï.

Ce qu'il advint de lui après cette fuite audacieuse souleva bien des questions. On raconta bien des choses, les versions les plus contradictoires et les plus folles. Certains prétendirent, avec assez d'émotion dans la voix pour qu'on les crût, qu'ils avaient vu dans le ciel le fantôme d'un cavalier rouge chevauchant parmi les nuées et dont la silhouette inquiétante s'était rapprochée du soleil jusqu'à embraser l'horizon, avant de disparaître au premier rayon de lune. Ceux qui prêtèrent l'oreille à cette version y virent le signe de Dieu, divisés toutefois sur un point – Tango Massaï était-il un ange ou un démon ? – mais s'accordant sur un autre : il fallait être d'essence divine pour oser s'attaquer à une foule en furie et en sortir vivant. D'autres rejetèrent cette thèse et affirmèrent qu'il était tout simplement passé de vie à trépas et que, si son corps n'avait jamais été retrouvé, c'est qu'il avait été dévoré par les bêtes sauvages. D'aucuns jurèrent que rien ne s'était jamais passé ce jour-là à Tabora, que le soulèvement populaire était le fruit de l'imaginaire collectif et que Sayid al Saada, souverain débonnaire et pacifique, n'affamait pas son peuple. On alla même jusqu'à dire que Tango Massaï n'avait jamais existé.

La vérité, bien entendu, était tout autre.

Au sortir de Tabora, Tango Massaï n'eut guère le choix : il ne lui restait d'issue que la route du nord – l'est, le sud et l'ouest étant sous contrôle militaire –, une route dont l'intérêt était de rejoindre les terres des grands lacs, mais qui traversait le désert du Pays de la lune.

Ce désert méritait bien son nom. Il était aussi aride, pelé et sec que l'astre lunaire. Une vallée au sol blanc recouvert de sel, serpentant au milieu des montagnes rouges, si hostile que seuls y vivaient quelques serpents, bêtes fauves et oiseaux rapaces. Même les sorciers les plus aguerris aux rudes climats du Tanganyika se détournaient de cette région et redoutaient sa traversée qu'ils effectuaient de nuit, par groupes d'une dizaine de personnes, en chantant des prières pour éloigner les mauvais esprits.

Ce désert, Tango Massaï l'affronta seul, sans vivres et presque sans eau. Ce fut une expérience douloureuse, qui aurait pu le mener à la mort, mais à laquelle il survécut grâce à sa volonté hors du commun.

Il s'y engagea, croyant en sa bonne étoile, espérant rallier les terres massaï en moins de quinze jours. Mais très vite, il lui fallut déchanter. Son cheval, dont la plaie était devenue purulente, montrait des signes d'extrême faiblesse, et la maigre réserve d'eau dont il disposait ne suffit bientôt plus pour deux.

Il erra longtemps parmi les plaines désertes, en butte à la souffrance, à la soif, à la fatigue et à la solitude.

Au terme de six longs jours d'enfer, pris dans le vertige de sa propre errance, Tango Massaï se perdit tout à fait. Bientôt il ne sut plus ni où il était, ni qui il était, et pas davantage ce qu'il faisait là, au milieu du désert de la Lune, à mi-chemin de Tabora et de Kibara. La seule chose qu'il savait, c'est qu'il allait mourir, seul, sans eau et sans réconfort, oublié du monde et des siens. Et que nul ne saurait jamais rien de sa terrible fin.

En proie au délire, il marcha de longues heures, toujours de nuit, la bride de sa monture à la main, en psalmodiant :

– Dieu m'est témoin que je ne voulais pas cela !

Puis, enfin, à la septième aube, comprenant que ni lui ni son cheval ne pourraient faire un pas de plus, il se réfugia à l'ombre d'un rocher, s'y allongea, la tête confortablement calée contre la pierre encore fraîche, la gorge desséchée, et attendit la mort.

Ce fut la pluie qui le sauva. Une pluie rare et chaude qui, une ou deux fois l'an, tombait dans ce désert poussiéreux et lui conférait un semblant de vie. Lorsque les premières gouttes tombèrent sur son visage, il ne réagit pas. Mais quand l'averse tomba dru en cette contrée oubliée, l'eau du ciel le ranima et lava les plaies de son cheval. Il reprit courage. Se nourrissant de quelques racines dont il suçait avidement la sève, il recouvra lentement ses forces.

Il plut trois jours d'affilée, sans la moindre interruption. Le désert de la Lune se changea en un immense marécage que le soleil essora en quelques heures.

Tango Massaï reprit la route et marcha droit devant lui, sans jamais dévier de son chemin.

Quelques jours plus tard, un cavalier exsangue pénétrait au cœur de Kibara, à demi évanoui, juché sur une ombre de cheval portant une longue cicatrice au flanc droit. La monture avança jusqu'au centre du village, s'arrêta devant la case de Makondo et attendit patiemment l'aube.

Au matin, Makondo se leva et trouva devant chez lui cette étrange apparition : un soldat à bout de forces, un soldat dont l'enveloppe charnelle lui parut si frêle et si peu palpable qu'il crut à la résurgence d'un rêve. Nullement étonné par cette image insolite dont l'ordinaire de ses nuits et de ses journées était peuplé, lui qui passait son temps à rêver tout éveillé et dont l'immatérialité était le quotidien, lui qui vivait en permanence avec les morts, il passa son chemin. Puis, comme à son habitude, il rejoignit le tronc d'arbre sur lequel il s'assit, contemplant le soleil qui se levait, et commença ses oraisons. De temps à autre, pourtant, il cessait ses chants et regardait furtivement de côté : l'apparition était toujours là. Son obstination à demeurer réelle l'intrigua, mais ne le fit pas réagir. Ce ne fut que lorsque le cavalier tomba de sa selle que Makondo se leva, retourna à la case et déclara d'une voix étonnamment calme :

– Meeyu. Je crois que l'esprit de ton mari est venu nous rendre visite.

La jeune femme sortit de la case en toute hâte et aperçut, sous le grand acacia qui préservait sa demeure de la puissance du soleil, l'image encore incertaine et floue de celui qu'elle attendait depuis si longtemps et qu'elle croyait ne jamais revoir.

– Tango ! s'écria-t-elle.

Émue jusqu'aux larmes, elle se précipita à sa rencontre, s'agenouilla, posa sa main sur son visage, lui caressa longuement les cheveux et, le dévorant des yeux, se mit à sangloter de bonheur.

Elle se tourna alors vers son père et lui confia :

– Ce n'est pas un esprit. C'est bien lui.

Makondo rétorqua :

– Impossible. J'ai rêvé cette nuit que Tango était mort dans le désert de la Lune. Cela ne peut pas être lui.

Le vieux laibon, par acquit de conscience, s'approcha toutefois de l'apparition et, posant sa paume sur le visage de l'agonisant, put se rendre compte de son étonnante matérialité. Retirant en toute hâte sa main, comme s'il venait de la porter sur un lit de braises, il s'écria :

– Mon Dieu ! C'est bien la première fois que je vois un esprit aussi vivant.

Tango Massaï dormit deux jours d'affilée sans reprendre connaissance. Lorsqu'il s'éveilla enfin, la première chose qu'il parvint à distinguer fut un carquois d'ivoire accroché au mur face à lui, un carquois qu'il connaissait bien pour avoir vu autrefois Makondo s'en servir à la chasse. Il comprit alors qu'il se trouvait à Kibara, dans la demeure qu'il avait quittée contraint et forcé, un an auparavant.

Lorsque sa vision se fit plus précise, il découvrit le visage de Meeyu penché au-dessus de lui, un visage si beau et si pur qu'il en fut troublé, comme si le sommeil dans lequel il était plongé depuis plusieurs jours perdurait et qu'il n'était pas encore prêt à affronter le monde réel. Une image dont il avait été privé pendant une année entière.

La jeune femme, vêtue d'un élégant collier de perles blanches, la peau recouverte de diatomite, les cheveux tressés et laqués d'huile de palme, le regardait en souriant.

– Je suis mort, n'est-ce pas ? lui dit Tango Massaï.

Meeyu, malgré sa joie de le voir revenir enfin à lui, répondit avec une franchise absolue :

– C'est à toi de me le dire. Mon père prétend que tu es un esprit.

– Un esprit ?

– Oui. C'est ce qu'il prétend.

– Comment le sait-il ?

– Il l'a rêvé.

– Alors, ce doit être vrai.

Il ferma les yeux, un long moment et reprit :

– Comment se fait-il que je sois là, à côté de toi ?

– Je n'en sais rien. Je t'ai retrouvé évanoui aux pieds de ton cheval.

– Alors ça doit être un miracle car, tout ce dont je me souviens, c'est d'être mort dans le désert de la Lune.

– C'est exactement le rêve de mon père. Peut-être que tu es mort là-bas et que tu renais ici aujourd'hui. Seul Enk-aï peut savoir quelle est la vérité.

– Makondo a raison, Meeyu. Je suis peut-être un esprit.

La jeune femme se mit à rire.

– Cela ne change rien. Désormais, je ne te laisserai plus repartir sans moi. Je suis prête à vivre avec ton fantôme, s'il le faut.

Il sourit enfin, amusé par la situation, prit la main de Meeyu dans la sienne et, heureux, sentit le souffle de la vie renaître en lui.

Lorsque Tango Massaï eut recouvré forces et santé, on organisa une grande fête à Kibara pour fêter son retour parmi les siens. Qu'il fût un esprit ou pas, qu'il fût revenu ou non du royaume des ténèbres, cela n'y changeait pas grand-chose. L'événement était de taille. Et le village entier se rassembla pour célébrer le retour de Tango Massaï.

Des dizaines de convives furent invités, venus de tout le pays. On fit rôtir plusieurs moutons et on but jusque tard dans la nuit de la boisson au miel, en dansant au son des tambours. Tango, enfin libéré de l'armée britannique et du joug du sultan, sauvé par miracle du désert de la Lune, se saoula d'alcool, de musique et de danse. Lui qui, pendant une année, n'avait pas goûté un tel bonheur, jura d'être libre pour le restant de ses jours sur cette terre, dans ce pays, parmi ce peuple qui était le sien.

Le lendemain de la fête, à l'heure des adieux, un vieillard à la peau couverte de peinture rouge se confia à Makondo.

– Hélas, les cérémonies de ce genre se font de plus en plus rares.

– Oui, Tampiati, lui répondit le vieux laibon

avec un faible sourire. C'est un grand malheur. Mais nous n'y pouvons rien.

– À moins de prendre les armes et de nous rebeller, rétorqua Tampiati. C'est la seule issue pour un peuple comme le nôtre.

Makondo le foudroya du regard. Le vieillard, surpris par la réaction du laibon, préféra s'éloigner sans un mot.

Tango, qui n'avait rien perdu de la conversation, questionna Makondo dès qu'il se retrouva seul avec lui.

– Qu'est-ce que cet homme a voulu dire ? Pourquoi n'y a-t-il plus de fêtes ?

– Le gouvernement vient d'interdire les cérémonies officielles et les rassemblements de plus de cent personnes à l'intérieur de nos réserves.

– Pourquoi cela ?

– Sans aucun doute par mesure de sécurité. Les Britanniques se méfient de plus en plus du peuple du Tanganyika. Il y a eu quelques incidents au nord et au centre du pays. Et un soulèvement populaire a manqué de peu de renverser le sultan de Tabora. Les Anglais ont dû intervenir pour réprimer la révolte et disperser la foule. Par mesure de rétorsion, le gouvernement a promulgué cette loi.

Tango, qui n'avait rien raconté de son rôle dans cette affaire, jugea préférable de garder le silence.

Makondo ajouta dans un soupir :

– La vie devient de plus en plus difficile. Les Anglais et les sultans sont ligués contre nous.

Tango réfléchit un instant puis rétorqua :

– Cet homme a raison.

– Qui donc ?

– Ce Tampiati. Il faut prendre les armes et se rebeller.

– Alors tu penses, toi aussi, qu'il est nécessaire de faire couler le sang ?

– Pour la liberté, oui. S'il le faut, le sang coulera. J'en fais le serment.

– Que veux-tu dire ? demanda Makondo, inquiet.

Tango Massaï le regarda fixement et répondit d'une voix grave :

– À partir de ce jour, je jure de lutter chaque seconde pour la liberté, contre le joug des Britanniques et des sultans qui font de ce pays un enfer permanent. Désormais, je serai le chantre de la liberté. Le libérateur du Tanganyika. Je vais lever une armée et me mettre en marche.

– Et avec quel argent comptes-tu devenir ce libérateur zélé ? lui demanda Makondo, amusé par tant d'audace.

Mais c'était compter sans l'aplomb et la détermination de cet homme qui, en parfait visionnaire, avait déjà imaginé un subtil stratagème pour parvenir à ses fins :

– Je vais vendre la mine d'Arusha.

– La mine de Ferrer ?

– Oui. Mon père, s'il était vivant, serait d'accord pour soutenir cette cause.

– C'est de la folie ! De la pure folie !

– Peut-être. Mais nous n'avons plus guère le choix. Il faut vivre libre ou mourir pour la liberté.

Tango Massaï tint parole. Avec le fruit de la vente de la mine de tanzanite, il recruta une armée de mercenaires qu'il entraîna avec lui dans de cruelles batailles et devint le plus célèbre rebelle de toute l'histoire du Tanganyika. Fidèle à la promesse qu'il s'était faite, il ne vécut que pour la libération de son pays. Semant terreur et désolation pour les autorités en place, vent de liberté et soif de justice pour le peuple, dans un sillage de poussière, de cendres, de fureur et de sang, se forgeant une légende à la mesure de sa personnalité, il devint un exemple pour tous, un symbole, un héros dont l'effigie s'inscrit au dos des médailles et des pièces de monnaie, et demeure à jamais conservée au panthéon de la mémoire collective.

Héros d'autant plus magnifié que, pendant ces quatre longues années où souffla un vent de discorde comme le pays n'en avait jamais connu, Tango Massaï et ses hommes demeurèrent insaisissables.

Lorsque l'armée britannique, conduite par le major Welton, entendait parler d'exactions commises dans tel endroit du Tanganyika et qu'elle engageait les poursuites, c'était pour trouver une ville libérée de l'emprise d'un sultan, d'un gouverneur ou d'un chef militaire, et dont les rênes étaient à nouveau entre les mains du peuple. L'armée rebelle, quant à elle, s'était déjà évanouie dans la nature. Avait-elle rejoint les plaines du Serengeti pour y prendre ses quartiers d'hiver, s'était-elle réfugiée dans la région des grands lacs et des marécages, parvenant à se fondre dans le paysage jusqu'à en devenir invisible, ou bien s'était-elle tout simplement volatilisée, par la grâce d'Enk-aï, armée fantôme constituée d'esprits errant à jamais dans le désert de la Lune ? Nul ne pouvait le dire avec précision. Ce qui était certain, c'était que plus personne n'en retrouverait trace jusqu'à la prochaine campagne, mais que tout le monde parlerait d'elle, et que le nom de Tango Massaï, circulant de bouche en bouche à travers le pays, se propagerait comme un refrain, au rythme lancinant des tambours africains, et irait mourir un jour dans les oreilles agacées du major Welton et de celles, peu mélomanes, de Sayid al Saada.

Tous deux attendaient patiemment l'heure où sonnerait la vengeance. L'heure où Tango Massaï, attiré par l'aimant de Tabora, ferait le premier faux pas et causerait sa perte.

Or, au terme de ces quatre années, cette heure venait enfin de sonner. Et seul Tango Massaï ne le savait pas.

Troisième partie

IX

Trois jours après la mort de Sayid al Saada, une seconde réunion eut lieu au sein de la salle du conseil du palais de Tabora.

Comme pour la première assemblée, il y avait là peu de monde, certains notables ayant jugé préférable de rester loin de toute activité politique en ces temps troublés. Mais Bakoubé, Sangani, Hongo et Tango Massaï se faisaient face, chacun se contentant de camper sur ses positions sans admettre la moindre concession. Seul Bakoubé, le plus sage d'entre tous, tenta à plusieurs reprises une conciliation entre les deux parties rivales, évoquant la stérilité d'un tel discours, les risques pour la population et l'ombre inquiétante de la guerre qui se profilait à l'horizon, mais chaque fois ce fut un coup d'épée dans l'eau.

Comme il s'agissait d'une réunion de crise, les esprits étaient chauffés à blanc, et chacun y allait de son commentaire acide.

– Le peuple t'accuse, Tango Massaï, d'avoir fait assassiner Sayid al Saada. Et je suis d'accord avec lui, éructa Hongo en guise de bienvenue.

– Tu sais parfaitement que c'est faux, Hongo, répondit l'intéressé. D'ailleurs, tu ne possèdes aucune preuve de ce que tu affirmes.

Un silence lourd de conséquence s'installa. Silence soudain troublé par une voix qui, jusque-là, était restée discrète.

– C'est vrai. Je peux d'ailleurs jurer sur l'honneur que Tango n'est pour rien dans la mort de Sayid al Saada. Mais, en revanche, qui nous dit que ce n'est pas toi, Hongo, l'assassin ?

Cette repartie cinglante de Sangani mit le chef des Nyamwezi dans une fureur indescriptible. Les yeux injectés de sang, les poings serrés, la mâchoire crispée, Hongo s'emporta :

– Tu oses m'accuser d'un tel forfait ?

Sangani ne se démonta pas pour autant.

– Oui. Je t'accuse, Hongo, d'avoir fait assassiner Sayid al Saada.

– Tu oses prétendre que je suis responsable de la mort du sultan pour le compte duquel je travaillais depuis tant d'années ? Cela n'a pas de sens.

Bakoubé intervint :

– C'est vrai. Tout le monde sait que les Nyamwezi doivent leur richesse à Sayid al Saada et aux Britanniques qui leur achetaient leurs réserves d'ivoire à prix d'or.

À la fois surpris et ravi de cette intervention, Hongo renchérit :

– Il est vrai que j'avais pour habitude de traiter avec Sayid al Saada, qu'il s'agisse de chargements d'ivoire, d'épices, d'or ou de sel en provenance de l'ouest africain. Pourquoi donc l'aurais-je tué ?

– Justement, répondit Sangani, peut-être avez-vous eu un différend d'argent. Et que, profitant de l'occasion, tu l'as puni de mort, sachant très bien que tous les soupçons se porteraient sur l'armée rebelle.

Cette fois, Hongo n'y tint plus et sa colère éclata. Dans un accès de rage, il se saisit de son arme, fit jaillir la lame en pleine lumière et bondit sur Sangani. Mais le guerrier, plus vif, se jeta en arrière et Hongo, manquant sa cible, tomba à terre. Il n'eut pas le temps de se relever. Déjà, trois hommes se précipitaient sur lui et l'immobilisaient au sol.

La voix de Tango Massaï résonna alors dans la salle du conseil :

– Tu me déçois terriblement, Hongo. Je ne te croyais pas capable d'une telle perfidie car j'avais confiance en toi. Mais je vois que je me suis trompé. Je ne peux t'admettre comme membre du conseil que je tiens à mettre en place.

Puis, balayant de la main cette scène qui aurait pu se solder par l'assassinat de son meilleur ami, Tango continua :

– Laissez-le se relever.

Les trois guerriers obéirent et Hongo, plus pâle qu'un mort, se redressa, les yeux exorbités et le souffle court.

– Puisqu'il en est ainsi, je préfère m'en aller. Adieu. Désormais nous sommes ennemis.

Et, contenant à grand-peine sa fureur, il rangea son arme et quitta la salle du conseil.

– Très bien, continua Tango. L'incident est clos. Maintenant que nous sommes débarrassés de Hongo, nous pouvons poursuivre la réunion. Qui est donc volontaire pour faire partie du conseil des sages de Tabora ?

Quelques mains se levèrent, mais pas en nombre suffisant pour constituer une première liste. Ce fut au tour de Bakoubé d'intervenir.

– Il s'agit justement de cela. Certains notables m'ont fait savoir que, tant que le meurtre de Sayid al Saada ne serait pas élucidé, ils ne se présenteraient pas à cette élection.

– Diable ! s'emporta Tango. Voilà qui ne va pas me faciliter la tâche.

Il réfléchit un instant, puis annonça :

– Je propose donc qu'un conseil provisoire de cinq membres soit nommé pour s'occuper des affaires courantes. Bakoubé, je te charge de le superviser en te nommant trésorier général. Cela devrait suffire pour parer au plus pressé.

– Très bien, répondit le pasteur. J'accepte cette charge avec plaisir et honneur. Charge qui, autrefois, appartenait à Tariq, le conseiller personnel de Sayid al Saada.

– Au fait, s'étonna le nouveau sultan, où est-il donc passé ?

Personne n'eut le temps de le renseigner à ce sujet car un guerrier massaï venait de faire irruption dans la salle du conseil. C'était la sentinelle qui, déjà, avait annoncé la mort de Sayid al Saada. Jouant à la perfection son rôle de Cassandre, il venait d'arriver à Tabora pour claironner une seconde mauvaise nouvelle :

– Les Anglais arrivent !

– Que dis-tu ?

La sentinelle reprit son souffle et annonça d'une voix étranglée :

– Les Anglais encerclent Tabora. Plusieurs détachements de soldats ont été aperçus au sud, à l'ouest et à l'est de la ville.

– Combien sont-ils ?

– Impossible de le dire avec exactitude. Mais certainement plusieurs centaines, et leurs effectifs grossissent d'heure en heure, car des renforts affluent sans cesse de Dodoma.

– Dodoma ? C'est donc Welton qui est à leur tête. Quelqu'un a dû l'informer de ma présence en ces lieux. Heureusement, il reste la route du nord. Toute retraite n'est pas coupée.

– Hélas ! non, reprit la sentinelle. Au nord, il y a les Nyamwezi. Nous sommes encerclés de toutes parts.

Un dignitaire, se souvenant des premières paroles de Tango Massaï, s'écria :

– C'est le moment de nous prouver ton audace. Pourquoi ne cours-tu pas les attaquer ?

L'homme à l'uniforme noir resta stoïque. Il ne releva pas et se contenta de réfléchir. Cette nouvelle précipitait ses plans. Il se tourna vers l'homme qui venait de le provoquer.

– Je vais faire mieux que les attaquer. Je vais leur donner une leçon dont ils se souviendront longtemps.

Le dignitaire se mit à rire.

– Je crois qu'il est trop tard pour leur échapper. Cette fois, l'affrontement est inévitable.

– Très bien. Dans ce cas, que chacun choisisse et regagne son camp. Nous verrons qui finira par l'emporter.

L'homme, blessé dans son orgueil, se leva avec majesté, posa son regard sur chacun des membres du conseil et déclara :

– La mort. Voilà désormais ce qui t'attend.

À l'annonce de l'arrivée des Anglais, un vent de folie se mit à souffler sur la ville.

Tabora fut aussitôt partagée en deux clans bien distincts : d'un côté les commerçants, propriétaires, dignitaires de l'ancien régime, fidèles de Sayid al Saada maintenus un temps à l'écart de la gestion de la ville, tous ceux qui, ivres de bonheur, accueillaient avec joie l'idée de recouvrer bientôt richesse, honneurs et suprématie ; de l'autre, les miséreux, les traîne-misère et les laissés-pour-compte qui s'entêtaient à voir en Tango Massaï le défenseur du peuple. S'ensuivit alors un soulèvement populaire comme Tabora n'en avait jamais connu auparavant.

Dès que l'annonce du siège de Tabora par les troupes du major Welton fut rendue publique, se répandant comme une traînée de poudre à travers les ruelles labyrinthiques de la vieille cité, la révolte se mit à gronder. Les partisans de feu Sayid al Saada se réfugièrent dans la partie sud de la ville tandis que le peuple gagnait la partie nord. Parmi eux, un nommé Nadir, plus fort et plus audacieux que ses compagnons, et qui d'ordinaire travaillait aux mines de sel, se changea en orateur et, avec verve, exalta la ferveur de la foule.

– Si nous laissons les Anglais prendre le pouvoir, Tango Massaï sera tué et, avec lui, l'élan de liberté qu'il nous a offert en nous débarrassant du tyran ! Il faut nous préparer à combattre à ses côtés !

Plusieurs voix s'élevèrent dans la foule pour approuver.

Mais Bakoubé, réputé pour sa sagesse, tenta de tempérer cette ardeur :

– Les soldats sont nombreux, entraînés, disciplinés, aguerris et armés de fusils. Tandis que le peuple ne dispose que de sa colère. Ne crois-tu pas que le combat est inégal ?

Nadir rétorqua :

– Nous sommes plus nombreux qu'eux. Quant aux armes, les riches commerçants de Tabora en possèdent. Il n'y a qu'à se servir.

L'idée, d'une évidence totale, fit très rapidement son chemin.

– Nadir a raison. Allons prendre ce qui nous appartient.

– Oui. Et n'oubliez pas que nous agissons au nom de la liberté !

Plusieurs hommes, les yeux enfiévrés, lancèrent les premières hostilités en mettant à sac les commerces du centre-ville et en incendiant les demeures des hauts conseillers.

Cette folie dura plusieurs heures et mit la ville à feu et à sang. Sur la place de la Fontaine aux éléphants, un combat eut lieu entre les deux factions, causant de nombreuses victimes – une cinquantaine de conjurés et trente fidèles de Sayid al Saada y laissèrent leur vie. Des exactions d'une rare atrocité eurent lieu lors de cette journée sanglante. Des demeures furent incendiées, de nombreux habitants périrent, asphyxiés ou brûlés vifs.

Tous les habitants de Tabora en âge de combattre participèrent activement au carnage. Tous, excepté Bakoubé, le vieux sage qui, devant un spectacle si désolant, préféra rester à l'écart et observer un jour de jeûne et de prières.

Ainsi Tabora, la perle du pays de la Lune,

connut-elle l'épisode le plus démentiel, le plus sanglant et le plus cruel de son existence.

– Ça ne peut plus durer ! Il faut mettre un terme à cette folie !

Cette voix, qui résonnait entre les murs du palais, c'était celle de Tango Massaï. Durement éprouvé par les heures qu'il venait de vivre, constatant avec amertume que le pouvoir lui échappait peu à peu, il hésitait sur l'attitude à adopter pour arrêter ces émeutes.

S'il envoyait son armée, ce serait un plus grand carnage encore. S'il ne faisait rien, le sang continuerait à couler inutilement.

Sangani, fidèle parmi les fidèles, le suivait comme son ombre dans les couloirs immenses, tentant de trouver avec lui une solution.

– Dis-moi, Sangani, ce que je dois faire pour arrêter ce massacre !

Alors le guerrier rouge s'approcha de lui et lui glissa à l'oreille, comme s'il s'agissait d'un secret que seuls les dieux étaient en mesure d'entendre :

– Agir comme le ferait un roi.

C'est ainsi que cette guerre civile – car nul doute qu'il s'agissait là d'une guerre – se solda par une trêve aussi soudaine qu'insolite lorsque, au soir de l'émeute, Tango Massaï, jugeant que le sang avait assez coulé et que le peuple devait revenir à la raison, décida d'intervenir en personne.

À la fin de cette terrible journée, alors que la ville n'était qu'un champ de ruines encore fumantes, un théâtre sordide et ensanglanté où l'on venait de jouer une tragédie, il sortit du palais, juché sur son cheval, et traversa la ville au pas, seul au milieu des morts, des blessés et des agonisants.

Indifférent à tout ce qui se passait autour de lui, comme le fantôme d'un soldat traversant un champ de bataille, il s'approcha du cœur de la mêlée, arrêta enfin sa monture, porta son regard à droite et à gauche et, déplorant le spectacle qui s'offrait à lui, demeura ainsi silencieux, le visage empreint de gravité.

Sur la place de la Fontaine aux éléphants, les deux factions rivales se faisaient face, mais ne combattaient plus. Par sa seule présence, l'homme à l'uniforme noir avait réussi à éteindre dans le cœur de chacun les flammes de la guerre.

Nadir, l'arme à la main, parut changé en statue de sel. Quant à Bakoubé, qui en toute hâte venait de quitter sa retraite pour assister à cette curieuse scène, il tremblait des pieds à la tête, en proie à une émotion violente.

Alors, Tango Massaï, fidèle à la légende qui devait se forger autour de son nom, prononça ces phrases qui résonneraient longtemps aux oreilles de ceux qui les entendirent ce jour-là :

– Je croyais apporter la paix à Tabora. Hélas ! Je me rends compte que je me suis fourvoyé. Sans le vouloir, je suis pourtant la cause de son chagrin, de son malheur et de ses larmes. Je préfère abdiquer plutôt que de voir Tabora se changer en bain de sang et en lit de cendres.

Un long silence salua ses paroles amères. Seul le cliquetis des armes qu'on rangeait au fourreau troubla ce calme qui survenait après une terrible tempête. Puis le sultan poursuivit :

– Dès cet instant, je transmets mon pouvoir aux cinq membres du conseil qui, je les en remercie, se sont portés volontaires. Je leur souhaite d'en faire bon usage. Je ne veux pas que Tabora devienne une autre Carthage, une cité détruite par la folie des hommes. Tabora doit vivre, même si je dois mourir.

Alors Tango Massaï prit dans la poche de son uniforme le rouleau de parchemin sur lequel Sayid al Saada, avant de fuir, avait apposé sa signature, le tint longtemps serré contre sa poitrine, puis le tendit à Bakoubé. Ce dernier le reçut comme une offrande, et s'inclina devant le cavalier noir.

Un souffle de vent balaya la place, créant des tourbillons de sable. Et le sultan déchu reprit :

– Nul n'ignore que les Anglais sont aux portes de la ville. Dans un jour, deux tout au plus, si je ne me rends pas, ils donneront l'assaut. Mais je peux vous jurer que je vais tout faire pour vous éviter cet outrage.

Puis, sans un regard autour de lui, Tango Massaï conclut :

– Je demande cependant une dernière faveur : qu'on envoie un messager prévenir les Anglais que je réclame vingt-quatre heures de répit. Ensuite, seulement, je me rendrai. Maintenant, qu'on range les armes, qu'on relève et soigne les blessés, qu'on évacue et enterre les morts, et que chacun regagne sa demeure en silence. Tabora n'a plus de sultan. Et, à l'avenir, elle n'en aura plus jamais.

Puis, ombre mouvante dans ce décor de champ de bataille, pétrifié, Tango Massaï éperonna sa monture et, très lentement, regagna le palais.

Ces paroles annihilèrent jusqu'à la moindre velléité de contestation. Personne ne songea même à ouvrir la bouche pour émettre un son.

Pendant de longues minutes, il n'y eut aucun bruit sur le champ de bataille. Comme si le temps s'était arrêté, deux factions rivales se regardaient, sans vraiment comprendre ce qui venait de se passer, si ce n'est que la guerre venait de finir de manière aussi brutale qu'elle avait commencé. Enfin, comme une galerie d'acteurs un soir de dernière représentation, ils quittèrent la place, l'un derrière l'autre, en une lente procession, les valides évacuant les blessés et les morts, ramassant les armes qui jonchaient le sol, faisant disparaître peu à peu les traces de la tragédie qu'ils venaient de jouer sur cette scène de sable et de sang. Puis, lorsqu'il n'y eut plus personne, que la place fut rendue au parfum suave des bougainvillées, le soleil s'éteignit à l'horizon sous un glacis d'étoiles, plongeant le théâtre de la guerre dans l'obscurité.

X

À l'intérieur du palais, retirée dans ses appartements, Meeyu était étendue sur sa couche. Princesse d'ébène parée de sa nudité, vêtue de simples colliers de perles, évoluant au milieu des fumées lourdes que dispensaient les bâtons d'encens brûlant aux quatre coins de la pièce, elle espérait en silence la venue de Tango Massaï.

Lorsqu'il apparut enfin, son visage était aussi pâle que celui d'un mort.

La jeune femme s'approcha de lui et posa sa main sur sa joue pour le réconforter. Il la repoussa. C'était la première fois qu'il se comportait ainsi avec elle, et il le regretta aussitôt.

– Pourquoi cette froideur ? murmura-t-elle.

– Je viens de confier le pouvoir au conseil présidé par Bakoubé. À partir de ce soir, je ne suis plus sultan de Tabora.

Elle réitéra son geste de tendresse et, cette fois, il se laissa faire.

– Tu as bien agi. Il fallait arrêter ce carnage.

Il tenta de se justifier mais elle l'en empêcha :

– Tu n'as aucun remords à avoir. Tu as réussi à leur rendre la liberté. Maintenant, laisse le conseil prendre en main les rênes du pouvoir. Ce n'est plus ton rôle. Désormais, ta mission est terminée.

– Peut-être, Meeyu. Mais je viens aussi de promettre au peuple que les Anglais ne donneraient pas l'assaut, puisque j'allais me rendre.

Meeyu frissonna. Se rendre aux Anglais signifiait la mort.

– Est-ce vraiment ce que tu comptes faire ?

– Non. Bien entendu. Il faut tenter de leur échapper par tous les moyens.

La jeune femme s'engouffra aussitôt dans la brèche :

– Je suis heureuse que tu aies enfin pris cette sage décision. Quand quittons-nous Tabora ?

– Je ne sais pas encore. Demain soir, si tout va bien, à la faveur de la nuit. Avec un peu de chance, nous pourrons traverser leurs lignes sans nous faire remarquer.

– Pourquoi ne pas essayer ce soir ?

– Ce soir ? Impossible. L'armée n'est pas rassemblée. Et puis j'ai imposé, en échange de ma reddition vingt-quatre heures de répit. Cela me laisse le temps d'agir.

– Peut-être. Mais plus le temps passe, plus l'anneau du serpent se resserre sur nos gorges.

À cet instant, le visage de Tango Massaï s'illumina d'un étrange sourire, comme s'il venait d'avoir une révélation.

– Mon Dieu ! s'écria-t-il. Comment n'y ai-je pas songé avant ? Voilà la solution. Oh, Meeyu, et c'est grâce à toi !

La jeune femme resta interdite.

– Que veux-tu dire ?

Il se leva, la prit dans ses bras et l'embrassa avec fougue. Puis, toujours aussi mystérieux, il lui chuchota :

– Ne t'inquiète pas pour notre fuite, Meeyu. Quant aux Anglais, je leur réserve une surprise.

Alors que Meeyu venait de se coucher, Tango Massaï fit appeler Sangani qui vint le rejoindre dans son cabinet de travail.

– Sangani, il est temps que je te dévoile la teneur exacte de mes plans.

– Je t'écoute, Tango.

– Tu sais, bien évidemment, que notre mission touche à sa fin. Et que, Tabora étant libérée, nous pouvons rejoindre Kibara.

– Oui, je le sais.

– Très bien. Tu sais également que, pour cela, nous devons franchir les lignes ennemies, combattre les troupes du major Welton, prendre des risques insensés et, sans nul doute, essuyer de lourdes pertes dans nos rangs.

– Bien sûr, je le sais. Qu'y a-t-il de changé ?

Tango, cette fois, se mit à rire.

– Ce qui a changé ? Tu me demandes ce qui a changé dans mon plan. Je te répondrai que presque rien n'a changé. Sauf l'essentiel. Nous n'aurons pas besoin de combattre les Britanniques.

Sangani le regardait, un peu perdu.

– Je ne comprends pas. Les Anglais sont postés aux quatre points cardinaux de la plaine. Comment espères-tu leur échapper ?

L'homme à l'uniforme noir répondit d'un air mystérieux :

– Je suis un esprit, ne l'oublie pas.

Devant le visage décomposé de Sangani, qui se demandait si son ami n'avait pas fini par perdre la raison, Tango Massaï se fit plus explicite :

– Te souviens-tu du rêve que ton père, le laibon Makondo, a fait il y a plusieurs années et dans lequel il voyait une nuée de papillons blancs dispersés par un lion enserrant dans ses griffes un serpent de fer ?

– Oui, bien entendu, mais je ne vois pas ce que...

– Je crois que j'en ai enfin compris la signification. Je viens, en quelque sorte, de décrypter l'énigme de ce rêve prémonitoire.

Le guerrier rouge jeta un regard stupéfait à Tango Massaï.

– Prémonitoire ?

– Oui. Prophétique, si tu préfères. Or, je sais désormais ce que veut dire la prophétie. Mieux encore, je me charge de l'accomplir.

Sangani, bouche bée, attendait la suite.

– Il y a trois choses bien distinctes dans ce rêve. Les papillons. Le lion. Et le serpent.

Sais-tu ce que ces trois symboles représentent en réalité ?

– Non.

Cette fois, Tango Massaï fit durer le suspense. Se levant de son fauteuil, il traversa la pièce et se dirigea vers la fenêtre, jetant par les interstices des moucharabiehs un regard sur la place de la Fontaine aux éléphants endormie sous la lune. C'était sa dernière nuit à Tabora, il le savait. Et sans doute la dernière fois de son existence qu'il pouvait contempler cette place où s'était joué son destin à plusieurs reprises.

– De nombreuses tribus africaines utilisent un langage imagé et poétique pour désigner les choses et les gens. Ainsi, sais-tu comment les Nyamwezi nomment les Anglais ?

Sangani resta muet, incapable d'apporter le moindre élément de réponse.

– Les papillons blancs.

Comment lui, le fils de Makondo, n'y avait-il pas songé plus tôt ?

– À cause, bien entendu, de leur multitude et de la couleur claire de leurs uniformes, n'est-ce pas ? dit Sangani.

– Oui, sans doute. J'imagine quel choc cela a dû être lorsque, pour la première fois, les Nyamwezi ont vu arriver sur leurs terres des nuées de soldats de la couronne britannique. Une nuée de papillons blancs déferlant dans la plaine.

Tango Massaï reprit :

– Voici donc résolue la première partie de l'énigme. Maintenant, passons à la seconde. Le lion. À ton avis, Sangani, qui donc est susceptible de représenter le lion du rêve de Makondo ?

Sangani, cette fois, fut plus perspicace.

– Le lion, c'est toi, Tango Massaï.

L'homme à l'uniforme noir, les yeux toujours rivés sur la nuit étoilée, continua sans se retourner :

– Le lion, c'est avant tout le sultan de Tabora, qu'on appelait autrefois le lion du Tanganyika. D'ailleurs, si je me souviens avec exactitude, l'emblème de la ville – que portait Sayid al Saada sur sa tunique – était un bijou représentant un lion enserrant dans ses griffes une antilope.

Levant la tête, il regarda enfin son ami avec un peu de malice et, regagnant son bureau, il se rassit à sa table de travail. Il prit dans ses mains une fine statuette de bois sculptée, représentant un oryx et l'inspecta sous toutes les coutures.

– Je suis donc le lion de la prophétie, dit-il.

Il laissa passer quelques secondes, le temps que ses paroles agissent, puis :

– Quant à la troisième partie de l'énigme, le serpent, je te la laisse deviner...

Le visage de Sangani exprima le désarroi le plus total.

– Non, vraiment, je ne vois pas.

– Réfléchis bien. Je t'ai laissé entendre que nous n'aurions pas à combattre les Anglais. Que nous allions quitter la ville, mais sans tomber dans les mailles du filet tendu par le major Welton. As-tu une idée de la manière dont je compte procéder ?

Silence.

– Imagine quelque chose qui nous emporte à la vitesse d'un cheval au galop par-delà les plaines herbeuses, les marais et les étendues désertiques.

Silence encore.

– Quelque chose qui aille plus vite que le vent et nous emmène loin de Tabora. Quelque chose de presque aussi rapide qu'un guépard en pleine course. Mais en même temps, qui possède la force de l'éléphant, la ruse de la hyène et l'audace du chacal.

Silence toujours.

– Quelque chose, enfin, d'assez sournois pour parvenir à franchir les lignes de l'ennemi en sifflant et en rampant sur le sol comme un serpent.

La voix de Sangani se fit alors entendre :

– Je ne vois vraiment pas, Tango.

Alors Tango Massaï, les yeux brillants, annonça avec un sourire :

– Je veux parler du train de la Central Line.

À Tabora, tout le monde l'avait presque oublié, il y avait effectivement une ligne de chemin de fer. Celle-ci était constituée d'une voie ferrée, en bien mauvais état, certes, mais cependant encore praticable.

Cette ligne unique dans le pays qui portait le nom de Central Line, on la devait aux troupes allemandes qui, bien avant l'arrivée au pouvoir des Britanniques, avaient rêvé d'étendre leur domination jusqu'à la région des grands lacs, loin à l'intérieur des terres.

À Tabora, il y avait aussi une gare – un simple auvent de bois recouvert de feuilles de palmier –, un entrepôt pour le ballast et les rails, une cabane à outils, un stock de charbon, un aiguillage, un tronçon de voie pour Kigoma, un second pour Dar es-Salaam, un troisième pour Mwanza. Et, à l'écart sur une voie de garage, rongé par la rouille mais en état de marche, un train composé d'une locomotive et de quelques wagons.

Ce train, le seul qui demeurât en service, mettait trois jours pour traverser le pays. Autant dire qu'il s'agissait là d'une antiquité. Même si cette antiquité restait, envers et contre tout progrès technologique, le symbole de l'éphémère et néanmoins splendide épopée ferroviaire du Tanganyika.

L'ennui, c'est qu'il n'existait pas de conducteur de train à Tabora.

Lorsque, le lendemain, aux premières lueurs de l'aube, Sangani se présenta à la gare, il fut reçu par un vieil homme édenté dont la fonction principale consistait à veiller sur cette splendeur du passé qu'était l'unique train de Tabora. Assis à l'ombre d'un abri de toile tendu entre deux piquets, il fumait et buvait du thé à quelques mètres de distance de la voie ferrée, un fusil à portée de main.

Le vieillard regarda s'approcher le guerrier rouge sans rien dire, puis, le prenant sans doute pour un voleur, se saisit de son fusil et le mit en joue.

– Halte ! Ne fais pas un pas de plus !

Sangani trouva judicieux d'obtempérer.

– Vous faites erreur. Je ne vous veux aucun mal. Je viens de la part de Tango Massaï.

À ces mots, le vieil homme baissa son fusil et, impressionné, demanda :

– Que me veux-tu ?

Sangani avança de quelques pas. Puis, tout en lorgnant la locomotive du coin de l'œil, il choisit de le questionner :

– Est-ce toi qui as la garde de ce train ?

– Oui.

– D'après toi, est-il encore en état de marche ?

Le vieil homme hésita quelques secondes, puis hocha la tête.

– Oui, je le crois. Mais, par Allah, pourquoi t'intéresse-t-il tant ?

– Serais-tu en mesure de le conduire ?

Cette fois, le vieil homme se mit à ricaner.

– Je n'ai jamais su faire ça.

Le guerrier rouge sentit venir le découragement.

– Mais je connais celui qui sait, dit enfin le vieil homme.

– Je t'écoute.

– Je ne sais pas s'il voudra, mais je sais qu'il en est capable. C'est lui qui a ouvert la ligne, du temps des Allemands. Je crois même qu'il a été le premier conducteur de locomotive entre Tabora et Dodoma.

– Son nom ?

– Il s'appelle Abd el-Krim. Il a travaillé à la Central Line pendant de très longues années.

– Sais-tu où on peut le trouver ?

Le vieil homme plissa le front, comme s'il réfléchissait intensément, posa sa main en visière pour se protéger du soleil qui déjà brillait à l'horizon et dit :

– Va donc voir au dispensaire de Tabora.

Le dispensaire de Tabora se trouvait au centre de la ville, à quelques pas du palais du sultan. C'était un véritable hôpital construit par les Arabes, un chef-d'œuvre d'architecture orientale en plein pays d'Afrique noire, un capharnaüm, un endroit où l'on pouvait trouver toutes sortes de malades et de maladies : phtisiques, lépreux et catarrheux, diphtérie, typhus, fièvre jaune, paludisme et autres septicémies. Un échantillonnage de ce que l'infiniment petit peut produire de plus épouvantable.

Vêtu d'une djellaba de couleur sombre et chaussé de sandales de cuir, un homme se tenait debout derrière un comptoir en acajou où il mettait à jour le cahier d'entrée des malades. Sans lever la tête, il demanda :

– Salam aleikoum. Que puis-je pour votre service ?

– Aleikoum salam, répondit Sangani. Je suis venu te voir par ordre spécial du sultan.

Le portier, qui avait mal entendu, crut que Tango Massaï en personne se trouvait devant lui. Il se raidit et devint soudain d'une servilité obséquieuse.

– Pardonnez-moi, Votre Excellence. Par Allah, je ne vous avais pas reconnu. Et je dois dire que je n'étais pas informé de votre visite.

Sangani s'avança et dit à voix basse, en s'assurant que personne n'écoutait :

– Ceci doit rester confidentiel. Et ne m'appelle pas Excellence, je te prie. Je ne suis pas le sultan, mais son envoyé.

– Très bien. Que puis-je pour vous ?

– Je suis à la recherche d'un dénommé Abd el-Krim..

– C'est moi, fit le portier, d'un ton enjoué.

Ce fut au tour de Sangani de paraître surpris. L'homme lui paraissait bien jeune pour avoir ouvert la ligne de chemin de fer du temps des Allemands. Il pouvait avoir une vingtaine d'années, peut-être vingt-cinq tout au plus. Il s'agissait sans doute d'une méprise. Puis il comprit que, vraisemblablement, il devait y avoir plusieurs Abd el-Krim au sein du dispensaire.

– Abd el-Krim, le conducteur de chemin de fer ?

Le visage du portier se décomposa.

– Le vieil Abd el-Krim ? Que lui voulez-vous ?

– Lui proposer de reprendre du service. J'ai besoin de quelqu'un qui sache conduire une locomotive.

Le portier se gratta la tête, incrédule.

– Hélas, c'est qu'il est très âgé et j'ai peur que, vu son infirmité, il ne puisse vous aider.

– De quelle infirmité parles-tu ?

– Il est borgne.

Le portier tenta de mimer le vieil homme en faisant tourner son globe oculaire dans l'orbite, mais Sangani l'interrompit aussitôt :

– Où est cet Abd el-Krim ? Parle, je te prie !

– Il doit dormir dans la grande salle... son lit est le dernier au fond à droite.

Le portier n'eut pas le temps de finir sa phrase que déjà Sangani pénétrait dans la grande salle commune du dispensaire.

Avançant à pas feutrés, Sangani qui, de sa vie, n'avait jamais pénétré à l'intérieur d'un hôpital, malgré sa vaillance et son courage manqua de défaillir. La main sur son nez pour repousser les odeurs nauséabondes qui prenaient d'assaut ses narines, il traversa la pièce d'un pas pressé.

Étendu sur sa couche, un petit homme respirait bruyamment. Sangani s'agenouilla près de lui et lui dit d'une voix calme :

– Tu es Abd el-Krim, le conducteur de train ?

L'homme, surpris qu'un guerrier massaï s'adresse ainsi à lui, leva la tête.

– C'est moi. Que me veux-tu ?

– J'ai besoin de savoir une chose. Sais-tu encore conduire une locomotive ?

Le borgne haussa vivement les sourcils, sur un œil étonné.

– Oui, bien entendu. Mais, par Allah, pourquoi me poses-tu cette question ?

– Parce que je suis à la recherche de quelqu'un susceptible de conduire un train.

L'homme parut se recroqueviller sur lui-même.

– Hélas ! Je suis trop vieux. Et puis je n'y vois plus très clair.

Le guerrier adopta un ton plus tranchant :

– C'est un ordre du sultan. Il a besoin de toi de toute urgence.

Abd el-Krim se redressa sur sa couche.

– Un ordre de Tango Massaï ?

Son visage changea soudain d'aspect, son œil unique se mit à briller avec ardeur.

– Dans ce cas, je veux bien essayer. Où donc comptes-tu aller avec ce train ?

– Nous partons ce soir pour Mwanza.

– Qui ça, nous ?

– Tango Massaï et toute son armée. Nous quittons Tabora à la faveur de la nuit.

Abd el-Krim émit un sifflement de stupeur.

– Mwanza ? Mais il me semble que cette ligne est fermée depuis longtemps.

Sangani posa une main rassurante sur son épaule.

– Erreur. Elle est à nouveau ouverte à compter de ce jour.

XI

Dans le palais de Tabora, une agitation peu ordinaire régnait depuis le début de l'après-midi : tandis que Meeyu rassemblait en hâte ses maigres effets, les soldats avaient organisé un dernier repas commun dans la salle des cuisines, comme une veillée d'armes avant un long combat. Ultime festin aux fumets envoûtants : viande rôtie, galettes de miel, gâteaux aux épices, jarres de vin.

Quant à Tango Massaï, il avait choisi de passer ses dernières heures en ce palais à sa table de travail, rédigeant des décrets et des lois destinés aux membres du conseil. Ainsi, pensait-il, même loin de la ville et du pouvoir, il imprimerait encore sa marque dans l'esprit politique de la cité.

Lorsque Sangani vint lui annoncer que le train serait prêt à partir dans la soirée, Tango

Massaï éprouva un intense soulagement et félicita Sangani.

– Grâce à toi, nous allons réussir.

Puis, après lui avoir donné l'accolade, il lui ordonna de retourner à la gare et de se tenir prêt à un départ imminent. Enfin, il envoya l'un de ses guerriers chercher Bakoubé afin de lui faire ses adieux.

Lorsque le pasteur se présenta devant lui, le visage de Tango Massaï était imprégné d'une toute nouvelle sérénité.

– À présent je dois partir, Bakoubé. À cette idée, mon cœur se brise. Mais je sais qu'avec toi, Tabora n'a plus rien à craindre.

Le pasteur s'inclina :

– Va en paix, Tango Massaï. Tu peux t'en aller la tête haute. Car Tabora te doit, à jamais, la liberté.

Les deux hommes tombèrent dans les bras l'un de l'autre, puis se séparèrent avec dignité. Au moment de quitter la pièce, le rebelle se retourna.

– Bakoubé, j'ai une dernière faveur à te demander.

– Je t'écoute.

– Ordonne à dix de tes hommes d'escorter Meeyu jusqu'à la demeure de son père Makondo, dans le village de Kibara. Pour cela, je te laisse mon cheval et le palanquin. Pour sa sécurité, son itinéraire ne doit en aucun cas croiser le mien.

Il ajouta encore :

– Je crois que les Anglais seront difficiles à duper. Nous aurons certainement à combattre et je ne veux pas que Meeyu...

Le pasteur l'interrompit d'un geste de la main.

– Ne te justifie pas. Il sera fait selon ton désir. Et tu peux t'en aller rassuré. Meeyu voyagera sous ma protection, comme si elle était ma propre fille. Tandis que tu fileras plein nord à travers la plaine, elle voyagera un peu plus à l'est, longeant le fleuve Wala. C'est la route la plus sûre.

– Je te remercie. Adieu.

– Adieu, Tango Massaï.

Le sultan quitta alors la salle du conseil pour ne plus jamais revenir, laissant derrière lui l'image de Bakoubé tenant à la main le parchemin sur lequel était écrit, en lettres de sang, la reddition de Sayid al Saada.

Au-dehors, pas un souffle de vent. Pas un bruit. Un ciel comme une toile peinte, nuit noire piquetée d'étoiles pareille à une mer étale au milieu de laquelle une lune d'or aurait jeté l'ancre.

Tango Massaï s'immobilisa quelques instants sur la terrasse, pour contempler ce décor étonnant, puis se dirigea vers les appartements privés du palais.

– Ainsi tu m'abandonnes une nouvelle fois ?

La voix glacée de Meeyu venait de rompre le silence, une voix qui contrastait avec la flamme de ses yeux, un regard brûlant, comme un poison noir avec un iris de neige.

Debout, altière et souveraine, la jeune femme se dressait tel un serpent prêt à mordre. Peau noire, tunique bleue et colliers de perles blanches. Et face à elle, un uniforme noir, un regard clair, et une voix douce qui tentait de l'apaiser.

– Au contraire, Meeyu. En agissant de la sorte, je te préserve des Anglais et des Nyamwezi. Bakoubé est mon seul allié dans cette ville. En voyageant sous sa protection, loin des villages qui bordent la voie ferrée, tu pourras rentrer chez toi en toute sécurité.

– Et toi, pourquoi ne prends-tu pas le même chemin ?

– Là où un palanquin n'éveille pas les soupçons, une armée entière le ferait indiscutablement. Je ne désire pas que tu tombes aux mains de Hongo ou du major Welton. Tu serais un trop précieux otage.

– Et si toi, tu tombais entre leurs mains ? Et si tu ne revenais pas d'un tel voyage ?

Il prit son visage entre ses mains et l'embrassa :

– Ne t'inquiète pas, et ne songe plus à cela. Je reviendrai. Homme ou esprit, je serai toujours à ton côté.

Meeyu fit alors ce qu'elle n'avait jamais fait depuis le jour de ses noces. Elle ôta la tanzanite qu'elle portait autour du cou et la tendit à l'homme qu'elle aimait.

– Tiens, cette pierre est pour toi. Comme ça, je serai moi aussi à tes côtés.

Il saisit la pierre, la contempla dans sa paume, puis chercha les yeux de Meeyu, incrédule. Elle posa un doigt sur ses lèvres et, s'approchant de lui, l'obligea à refermer la main sur la tanzanite.

– Ne dis rien. Cette pierre est désormais pour toi. Elle te servira de talısman. Maintenant viens, et aime-moi encore une fois.

En un geste qui ressemblait à une danse, elle ôta sa tunique et s'allongea sur le lit. Nue, offerte, alanguie. Le désir se lisait dans ses beaux yeux noirs, sur son corps, sur sa peau.

Elle attira Tango Massaï contre elle et se laissa aller au plaisir vertigineux de la jouissance.

Alors, lorsque l'étreinte fut consumée, plus belle et plus durable que toutes celles qu'elle avait connues jusque-là, que leurs corps las se séparèrent, Meeyu ferma les yeux.

Lorsqu'elle les rouvrit, elle était seule.

Pas un souffle de vent. Pas un bruit. Un ciel nocturne délavé, étrange. Et, au milieu, une lune poignardée par une pluie d'étoiles.

Au-dehors, une armée de mercenaires quittait le palais en silence, et s'enfonçait à pas feutrés dans la nuit de Tabora. Glissant le long des murs de pierre, parmi les jardins parfumés de myrte, de jasmin et de bougainvillées, les soldats à la tunique rouge s'approchaient lentement de la gare.

Sous un auvent de bois, deux hommes s'affairaient à mettre en marche une locomotive. Un colosse d'acier endormi, et qui pourtant, après les réglages d'usage et un dernier graissage de la mécanique et des essieux, allait sortir de sa longue léthargie.

– Est-ce que tout est prêt ? demanda Tango Massaï, en approchant de la machine.

Le borgne, debout dans la cabine de conduite, lui adressa un signe de la tête. Après plusieurs tentatives infructueuses, la locomotive venait enfin de se mettre en marche dans un fracas de tonnerre.

– Nous sommes partis ! s'écria Abd el-Krim.

– Alors que chacun monte dans le train ! En route pour Mwanza !

Sans plus tarder, l'armée rebelle prit place à bord des wagons. Puis, lentement, très lentement, après quelques soubresauts, les roues entrèrent en rotation et le train prit peu à peu de la vitesse.

Au sortir de la ville, la cheminée de la locomotive cracha un nuage de fumée, passa la porte d'ivoire et s'éloigna vers le nord.

– Regardez ! s'écria un soldat en pointant le doigt vers le ciel.

Un nuage de lépidoptères d'une ampleur considérable, sans doute attiré par les lumières étincelantes de Tabora, venait de fondre sur la ville.

– Malheur ! se lamenta Sangani. Un nuage de papillons est toujours un mauvais présage.

Tango Massaï ne vit pas, ou ne voulut pas voir, les myriades d'insectes qui se déployèrent sur la cité, les milliards d'élytres qui remplirent le ciel jusqu'à masquer la lumière de la lune et changer les nuages blancs en ténèbres, avant de s'abattre en nuée sur les cultures environnantes. Un saccage d'une violence absolue.

Le chemin de fer qui emmenait l'armée rebelle vers la ville de Mwanza, sur les bords du lac Victoria, traversa les terres arides du nord du Tanganyika, franchit le fleuve Igombe, et se dirigea sans encombre vers Shinyanga.

Des Nyamwezi et de Hongo, nulle trace. Et pas le moindre signe de la présence des troupes anglaises le long de la voie ferrée. La sentinelle s'était-elle fourvoyée ? L'ennemi avait-il opté pour une solution de repli ?

Tango Massaï ne savait que penser. S'agissait-il d'un piège, d'une ruse quelconque, ou d'un heureux hasard ? Pour l'heure, le train avançait et, plutôt que de s'inquiéter inutilement, il fallait prendre un peu de repos avant que l'aube ne se levât.

Nzubuka. Ipala. Bukene. Isaka. Igarukiro. Des villages endormis, dont les habitants tirés de leur sommeil par le bruit assourdissant, allaient se poster par grappes le long de la voie ferrée, et regardaient passer le train fantôme, les yeux vides de toute expression, puis allaient tranquillement se recoucher, convaincus d'avoir rêvé.

Le train conduit par Abd el-Krim roula ainsi toute la nuit, traversant des fleuves, des déserts et des villages sans rencontrer la moindre résistance. Au lever du soleil, enfin, le bourg de Shinyanga se profila à l'horizon et le conducteur décida d'y faire une courte halte.

Shinyanga. Un plateau aride au pied d'une colline où quelques cases de tourbe formaient un village ceinturé d'un épais mur d'argile. Sol rouge, terre de cuivre et poussière d'or. Un décor rougeoyant, écrasé par le soleil, desséché par le vent, sous un ciel bleu éclatant de lumière. Pas de gare. Juste une voie ferrée traversant la plaine et, au milieu de la plaine, un silence total, inquiétant. Au loin, parmi les broussailles, un troupeau de chèvres errantes.

– Ce n'est pas normal ! s'étonna Abd el-Krim en actionnant le système de freins de la locomotive.

– Qu'est-ce qui n'est pas normal ? demanda Sangani, qui se tenait debout à ses côtés, la lance à la main et l'œil aux aguets.

Le borgne tourna son œil unique vers la plaine.

– Un troupeau de chèvres sans berger. C'est ça qui me paraît curieux.

Le guerrier rouge inspecta l'horizon à son tour.

– Tu as raison. Tout me paraît trop calme, comme si le village avait été déserté. Il y a quelque chose qui ne va pas. Ne t'arrête surtout pas.

Puis, après un long silence, Sangani reprit :

– Mwanza est encore loin ?

Située sur les rives du lac Victoria, la ville constituait un territoire neutre, en bordure des réserves massaï. Un endroit où l'armée rebelle se trouverait enfin en sécurité.

– Mwanza ? À plus de cent kilomètres au nord. Nous n'y serons pas avant ce soir.

– Il faut y arriver coûte que coûte. Les Anglais n'oseront pas nous attaquer là-bas.

– Peut-être ! fit une voix. Mais nous ne sommes pas encore arrivés à Mwanza ! Regardez donc le comité d'accueil qui nous attend !

Bien droit dans son uniforme noir, Tango Massaï désignait une ligne imperceptible en haut de la colline surplombant Shinyanga.

Les soldats de l'armée britannique étaient là, face à eux, tous vêtus de blanc, armés, prêts à fondre sur l'armée rebelle comme une nuée de papillons blancs. Toute une garnison fraîchement débarquée de Dodoma, stoïque, qui attendait patiemment son heure.

À leur tête, le major Horace Welton, juché sur un cheval à la robe d'un blanc immaculé, se lissait les moustaches. Il n'était pas seul. À ses côtés, un homme se tenait debout, vêtu d'une djellaba de couleur claire. Cet homme, c'était Tariq, le conseiller de Sayid al Saada. À son cou, l'étole brodée de fils d'or que le sultan portait le jour de sa mort.

Les occupants du train n'étaient pourtant pas au bout de leurs surprises. Hormis les troupes de soldats britanniques commandées par le major Welton, ils décelèrent bientôt de l'autre côté de la plaine la présence de renforts inattendus : les Nyamwezi de Hongo. Ces derniers formaient un détachement d'infanterie bien singulier : peints aux couleurs de guerre, armés de lances, ils criaient leur haine face au soleil.

– C'était un piège ! s'écria Tango Massaï en désignant les lignes ennemies qui se dévoilaient peu à peu dans la clarté.

– Qu'allons-nous faire ? demanda Sangani. Si nous tentons de résister, nous serons massacrés jusqu'au dernier. Et si nous ne tentons rien, nous serons faits prisonniers.

De cette dernière éventualité, le chef de l'armée rebelle ne voulait pas entendre parler.

– Il faut tenter le tout pour le tout. Que chacun se prépare à combattre.

Puis, se tournant vers Abd el-Krim, il lança d'une voix déterminée :

– En avant ! Il faut passer à tout prix ! Au-delà des lignes ennemies, il y a la liberté !

Le borgne obéit et lança la locomotive à pleine vitesse sur les rails.

Alors les premiers cris de guerre éclatèrent à la face du ciel. Ils provenaient des Nyamwezi, les guerriers de Hongo qui, voyant leur proie s'échapper, venaient de se lancer furieusement dans la bataille. Brandissant leurs lances, ils couraient en hurlant en direction de la locomotive, soulevant derrière eux un nuage de poussière rouge.

De leur côté, adoptant une stratégie plus académique, les cavaliers anglais, sabre au clair, quittèrent les contreforts des montagnes en rangs ordonnés et fondirent comme un seul homme vers la plaine.

Le chef de l'armée rebelle, voyant le piège se refermer sur lui, ordonna :

– Plus vite ! Nous pouvons encore les prendre de vitesse !

Les Nyamwezi, arrivés le long de la voie ferrée, jetèrent avec rage leurs armes contre le train, mais les lances rebondirent avec fracas contre l'acier avant de se ficher dans le sol. Certains guerriers de Hongo, devant leur impuissance à arrêter cette machine infernale qui filait de plus en plus vite sur les rails se jetèrent au sol et, les genoux dans la poussière, ivres de rage, s'emplirent la bouche de pleines poignées de terre.

– Maudit sois-tu, Tango Massaï ! fulmina Hongo. Puis, dans un ultime geste de désespoir, il se jeta sur une lance brisée plantée dans le sol, une lance dont la pointe acérée lui déchira les entrailles.

Les Anglais, qui se rapprochaient à leur tour de la voie ferrée, moins désordonnés et plus aguerris, se postèrent à quelque cinquante mètres en avant et braquèrent leurs fusils sur le train qui arrivait sur eux.

– Rends-toi, Tango Massaï ! hurla le major Welton. C'est ta dernière chance !

– Jamais ! Jamais je ne me rendrai ! lui répondit avec fermeté le rebelle.

La locomotive n'était désormais plus qu'à dix mètres des soldats.

– Très bien. Dans ce cas, messieurs, feu à volonté !

Welton fit un geste et une pluie de balles arrosa la locomotive et ses occupants. Les parois du train résonnèrent sous l'orage d'acier. Des guerriers, effrayés, se jetèrent au sol. Quelques-uns furent blessés dans la cohue qui s'ensuivit, Abd el-Krim reçut un impact de balle au bras gauche, mais il n'y eut aucun mort à déplorer. Cette attaque en règle ne dura pas plus de quelques secondes, le temps pour la locomotive de poursuivre sa route comme si de rien n'était, de traverser les lignes ennemies et de quitter le plateau aride de Shinyanga.

Les Anglais et les Nyamwezi étaient battus à plates coutures, transpercés, défaits.

– Le train est passé ! hurla Tango Massaï. Victoire !

Ce furent ses dernières paroles. Un ultime coup de feu claqua, livré au hasard. Une ultime balle qui atteignit le chef de l'armée rebelle en pleine poitrine.

Au moment précis où la balle lui traversa le corps, déchirant la chair et les nerfs, arrêtant sa course folle à quelques millimètres du cœur, Tango Massaï comprit qu'il allait mourir. Il s'écroula sur le plancher de la locomotive, sa vision se troubla, la fièvre le prit et tout se mit à danser autour de lui dans un tourbillon d'images folles. C'est alors qu'il fit son premier et dernier rêve éveillé. Son premier et dernier rêve de sorcier.

Et lui vint l'image de son père debout, fier et heureux devant la mine de tanzanite d'Arusha, sa mère qui lui souriait au moment de mourir, Makondo assis sur son tronc d'arbre devant sa demeure de Kibara. Il vit également Sayid al Saada au moment où il s'éloignait de son palais, son cheval ensanglanté traversant la foule en furie sur la place de la Fontaine aux éléphants, le major Welton l'accueillant pour la première fois à Dodoma, Meeyu qu'il tenait entre ses bas, sa peau contre la sienne, unis à jamais dans l'amour et la souffrance, et mille autres visions encore se bousculant devant ses yeux et dont son âme se nourrissait avec jouissance.

Enfin, la dernière image, la plus belle et la plus singulière, celle qu'il aurait aimé vivre par-dessus tout et qui pourtant ne se réaliserait jamais. Tango Massaï conduisait le train jusqu'à Mwanza, embarquait la locomotive à bord d'une barge, traversait les eaux du lac Victoria, parvenait enfin à Kibara, au terme de son voyage improbable, se présentait devant le vieux laibon Makondo et lui annonçait :

– Voici la tête du serpent de fer.

Makondo regardait alors la locomotive – une machine infernale qu'il voyait pour la première fois de sa vie – et répondait, le sourire aux lèvres :

– C'est elle. C'est bien elle. Celle que j'ai vue en rêve. Je peux mourir en paix, maintenant que tu nous as délivrés de la prophétie. Je peux m'en aller rejoindre la terre de mes ancêtres. Désormais, je sais que mon peuple est libre.

Alors, dans un dernier souffle, Tango Massaï prolongea la durée de ce rêve éclatant, s'imagina marchant en direction de la colline qui surplombait le lac, sur les hauteurs de Kibara, pour rejoindre le cimetière des sentiments et des regrets, là où chaque jour Makondo avait l'habitude de se rendre pour confier à la terre et au vent tout ce qu'il ne pouvait dire aux siens. Et il se sentit heureux.

Il resta longtemps ainsi, agonisant, les bras croisés sur la poitrine d'où son sang s'échappait en même temps que sa vie, à murmurer et à psalmodier les chants sacrés, à s'adresser aux esprits et à attendre que la fin survienne.

Puis, après avoir émis une dernière prière, il ferma les yeux et quitta ce monde d'apparences aussi facilement que s'il s'était endormi au soir d'une rude journée.

Au moment précis où il mourut, à la seconde même où son âme s'envola, la tanzanite que Meeyu lui avait confiée se mit à briller de mille feux. Ses trois faces devinrent d'or, éblouirent ses yeux, puis s'éteignirent comme soufflées par le vent. La pierre devint noire. Un noir aussi sombre que la nuit et les ténèbres dans lesquelles l'esprit de Tango Massaï plongeait peu à peu. Un noir profond qui enveloppa d'un manteau d'obscurité les rives du lac Victoria.

XII

Les guerriers de l'armée rebelle conservèrent le corps de Tango Massaï à bord de la locomotive jusqu'à Mwanza, au terme de son voyage ferroviaire.

Là, sur l'ordre de Sangani, ils installèrent un campement de fortune aux abords de la ville et, sans plus tarder, la cérémonie funéraire commença.

En signe de deuil, ils se couvrirent le corps de peintures – les cheveux couleur ocre, les cuisses zébrées de blanc et le front ceint d'un collier de perles. Dès que le soleil vint à se coucher et que la grande plaine fut plongée dans l'obscurité, leurs éclaireurs allumèrent des flambeaux et des torches qu'ils plantèrent tout le long du lac Victoria, créant un long serpent de feu dont la lueur pouvait aisément se deviner au loin, comme une invite aux esprits du ciel à se joindre aux obsèques.

Puis ils entamèrent des chants de lamentation et dansèrent sur le rivage, l'écume aux lèvres, en proie à l'émotion et à la tristesse, désireux de rendre hommage à la splendeur et au courage du guerrier défunt.

Après la toilette funéraire, ils installèrent le corps de leur chef sur un lit de branchages, le recouvrirent d'un linceul, portèrent cet étrange cercueil jusqu'à la rive, le déposèrent sur les eaux du lac Victoria et, après un dernier adieu, le regardèrent partir à la dérive.

Et tandis que le défunt regagnait sa dernière demeure dans un profond silence, glissant sur la surface limpide de ce tombeau de larmes, miroir fragile séparant les morts des vivants, les guerriers demeurés sur la rive lui rendaient un dernier hommage en hurlant leur colère et leur chagrin, brandissant leurs lances à la face du ciel afin d'en défier les astres.

Ainsi eurent lieu les funérailles grandioses et magiques de Tango Massaï, le dernier sultan de Tabora.

DU MÊME AUTEUR

Aux Éditions Albin Michel

L'APICULTEUR, 2000, prix del Duca 2001, prix Murat 2001.

SAGESSE ET MALICES DE CONFUCIUS, LE ROI SANS ROYAUME, 2001.

OPIUM, 2002.

BILLARD BLUES, 2003.

AMAZONE, prix Europe 1 2004.

Aux Éditions Arléa

NEIGE, 1999.

LE VIOLON NOIR, 1999.

Composition IGS
Impression Bussière en janvier 2005
Éditions Albin Michel
22, rue Huyghens, 75014 Paris
www.albin-michel.fr

ISBN : 2-226-15690-9
N° d'édition : 23112 – N° d'impression : 050067/1
Dépôt légal : février 2005
Imprimé en France.